KB147483

바람의 안쪽

밀로라드 파비치 지음
김동원 옮김

레안드로스
Leander

그는 무엇인가의 반쪽이었다.
아마도 그보다 훨씬 더 강하고 뛰어나며 더욱 아름다웠던 무엇인가의
강하고 아름답고 재능 있는 반쪽이었으리라.
그 시절, 그는 말할 수 없이 아름다우면서도
알 수 없는 무엇인가의 매혹적인 반쪽이었다.
그녀는 그녀 자신이 완전한 전체였다.
작고, 혼란스럽고, 그다지 강하거나 조화로운 전체는 아니었지만
그래도 언제나 변함없는 하나의 전체였다.

1

"모든 미래는 위대한 미덕을 하나 갖고 있단다. 그건 바로 네가 무엇을 상상하든 미래가 항상 그것 이상을 보여준다는 것이지." 아버지는 레안드로스에게 이렇게 말했다.

당시 레안드로스는 다 큰 성인이 아니었다. 여전히 글을 읽을 줄 몰랐지만 외모는 준수하기 이를 데 없었다. 그리고 어머니가 그의 머리를 네덜란드식 레이스처럼 양 갈래로 땋아주었기 때문에 그는 여행 중에도 머리를 빗어야 할 필요가 없었다. 하지만 그는 아직 레안드로스란 이름으로 불리고 있지 않았다. 그를 배웅하며 아버지가 말했다. "내 아들이 백조처럼 길고 아름다운 목을 갖고 있구나. 하늘이시여, 부디 아들이 칼에 목이 잘려 죽는 일은 없도록 해주소서."

그리고 레안드로스는 평생 한순간도 그 말을 잊은 적이 없었다.

레안드로스의 취호리치 집안은 모두가 대대로 석공이나 대장장이, 혹은 양봉업자였으나 그의 아버지는 예외였다. 취호리치 집안은 헤르체고비나에서 베오그라드 기슭의 다뉴브 강까지 흘러와 정착했다. 헤르체고비나는 글보다 교회에서 성가를 먼저 배우는 곳이었으며 지붕에서 떨어진 빗물이 두 개의 바다로 흘러가는 곳이었다. 지붕 한쪽에선 빗물이 서쪽으로 떨어졌고, 그 빗물은 네테르바 강과 아드리아 해로 향했다. 지붕의 반대쪽에선 빗물이 동쪽으로 떨어졌고, 그 물은 드리나 강을 따라 사바 강으로 흘러갔으며, 또 다뉴브 강을 거쳐 흑해로 향했다. 그 집안의 유일한 별종은 레안드로스의 아버지였으며, 그는 집 짓는 일에 대해선 들으려고도 하지 않았다.

"내가 모험삼아 비엔나나 부다[1]로 여행을 떠났을 때 나는 사람들이 어디든 가리지 않고 마구잡이로 지어놓은 건물들 사이에서 길을 잃고 말았다. 그 정도의 건물이라면 너같은 초보 석공이라도 얼마든지 지을 수 있을 것 같았다. 그러다 2월쯤 강꼬치고기가 가장 멍청해진다는 다뉴브 강 가까이 도착했을 때, 비로소 나는 내가 있는 곳이 어디이고, 또 내가 누구인지 알 수 있었다."

---

1) 헝가리 왕국의 전 수도로서 헝가리의 현재 수도인 부다페스트의 서쪽 지역 일부에 해당되며, 부다페스트 전체 지역의 3분의 1 가량이 예전의 부다 지역이다.

하지만 취호리치 가문의 사람들은 그 가족의 아버지가 어디에 사는지, 그가 누구인지, 또 그의 가족들이 무슨 일을 해서 먹고 사는지 전혀 알지 못했다. 그가 가문의 사람들에게 해준 유일한 말은 그들이 물과 죽음 위에서 살고 있으며, 그 이유는 사람이라면 누구나 죽음 위에서 살고 있기 때문이라는 것이었다. 그리고 실제로 레안드로스의 아버지는 밤늦게 다뉴브 강이나 사바 강에서 물에 흠뻑 젖은 채 돌아오곤 했으며, 모든 강은 특유의 냄새를 갖고 있었기 때문에 그가 다녀온 강이 어디인지는 쉽게 구별되었다. 그리고 자정 즈음이면 그는 그렇게 물에 젖은 채로 마치 횟수를 세기라도 하듯 열 번의 재채기를 하곤 했다.

그리고 유년 시절 라다차와 밀코라는 이름을 갖고 있었던 레안드로스는 어린 시절부터 할아버지와 삼촌을 좋은 본보기 삼아 따라다니며 석공일의 가업을 익히고 그것을 이어나가고 있었다. 그는 건물을 짓거나 대리석을 가공하는 일에 매우 능했다. 그는 성상(聖像)을 묻을 때 어떻게 일을 도와야 하는지 알고 있었으며, 벌통을 그림으로 장식하거나 힘들이지 않고 신속하게 벌떼를 모아 벌통에 잡아두는 일에 있어선 타고난 재능을 갖고 있었다. 찌는 듯한 더위가 기승을 부리는 여름철의 금식 기간에 누군가 헤르체고비나에서 강까지 고기를 잡으러 소총 사정거리의 20배 정도 되는 거리를 가야 할 때면 사람들은 레안드로스를 강으로 보냈으며, 그만이 물고기를 잡아 쐐기풀로 감싼 뒤 상한 냄새를 풍기기 전에 돌아올 수 있었다. 훗날 그가 떠났던 어느 여행 중에,

그는 절대군주 주르제 브란코비치를 추모하는 행사에서 다뉴브 강의 물로 어떻게 빵의 반죽을 하고 스메데레보[2]의 성모마리아 성당에서 어떻게 축복을 비는지, 또 그 빵이 어떻게 마부들에 의해 손에서 손으로 건네지며 아발라 산[3]까지 한순간에 옮겨지는지 볼 수 있었다(그리고 그것을 영원히 잊지 않게 되었다). 어찌나 빠르게 옮겨졌는지 빵은 다뉴브 강에서 그 절대군주의 식탁에 도착한 순간에도 여전히 따끈따끈했으며, 빵은 그곳에서 나뉘어져 쥬르노보의 땅속 암염광산에서 캐낸 소금과 함께 사람들에게 배분되었다.

"우리는 모두 건축을 하는 장인들이란다." 할아버지 취호리치는 저녁 식사 때면 버릇처럼 레안드로스에게 그렇게 말문을 열곤 했다. "하지만 우리에게는 건축의 재료로 특이한 대리석이 주어졌단다. 바로 똑딱똑딱 움직이는 시간과 하루 이틀 흘러가는 날들, 그리고 한 해 두 해 쌓이는 해가 그러한 대리석이었고, 잠과 포도주는 그 사이를 채워주는 모르타르였지. 그러니까 우리는 모두 시간의 건축가들인 셈이야. 우리는 그림자까지 재촉을 해가며 배꼽에 땀이 찰 때까지 일을 하지. 그리고 그렇게 시간을 재료로 모두가 자신의 집을 짓고, 또 시간을 재료로 모두가 자신의 벌통을 만들어 꿀을 모으고, 그러면서 우리는 시간을 풀

---

2) 세르비아 공화국 중북부의 도시.
3) 세르비아에 있는 산으로 산에서 베오그라드가 내려다보인다.

무로 가져가 우리의 불꽃을 피워올리지. 주머니 속에서 금화가 구리 동전과 뒤섞이듯이, 또 흰 양과 검은 양이 뒤섞이듯이, 집을 지을 때면 우리의 흰 대리석과 검은 대리석 또한 서로 뒤섞인단다. 하지만 금화를 펑펑 써대 마치 구리 동전이 금화를 집어삼킨 듯 자신의 주머니 속에 구리 동전밖에 남지 않은 사람이나 밤이 낮을 집어삼킨 듯 밤낮이 바뀐 사람은 문제가 생기곤 하지. 그런 사람은 때가 아닌 때에 집을 지으려 하거나 터무니없이 집을 지으려고 하지……"

이 모든 얘기를 귀담아 들으면서 항상 내일이 아니라 모레를 생각했던 레안드로스는 자신이 잠두[4]를 세 숟가락 퍼먹을 때마다 그의 아버지는 겨우 한 숟가락을 퍼먹고 있다는 사실을 깨닫고 크게 놀랐다. 그들의 가족은 누가 개인당 몇 숟가락을 먹을 수 있는지 전체적인 양이 미리 정해져 있었고, 어느 누구도 결코 자신에게 할애된 식사량 이상을 먹을 수가 없었다. 하지만 레안드로스는 3분의 1밖에 안 되는 짧은 시간에 다른 사람들이 먹는 것과 똑같은 양의 식사를 해치웠다. 조금씩 조금씩, 그는 심지어 동물들도 더 빠르게 먹어치우는 동물과 더 느리게 먹는 동물이 있다는 사실을 알아차렸고, 또 더 빠르게 움직이는 동물과 더 느리게 움직이는 동물이 있다는 사실도 알아차렸으며, 서서

---

4) 콩과의 여러해살이 풀.

히 그를 둘러싼 세상에서 서로 다른 두 가지 삶의 리듬을, 말하자면 일정하지 않은 두 가지의 맥박이나 두 가지 식물의 즙을 구별해내기 시작했고, 길게 보면 모두에게 그 길이가 동일해지는 똑같은 낮과 밤의 틀 속에 구겨 넣어져 살아가는 두 가지 종류의 인간들이 어떤 사람에겐 인색하면서도 어떤 사람에겐 더할 나위 없이 후하게 베푼다는 것을 알아차렸다. 그리고 자신도 모르는 사이에 그가 자신과 다른 맥박을 가진 사람이나 동물, 식물에 대해 너그럽지 못하다는 느낌이 들기 시작했다. 그는 새들의 노래 소리를 들으면 자신과 같은 리듬으로 노래 부르는 새들을 구별해냈다. 어느 날 아침, 아버지가 주전자를 들고 물을 마실 때 벌컥벌컥 들이키는 소리를 세며 주전자를 건네주길 기다리다가 그는 그 자신을 위하여 아버지의 집을 떠나야 할 때가 왔다는 것을 깨달았다. 불현듯, 그는 아버지가 이미 그와 그의 형제들에게 너무도 많은 사랑과 앎을 차곡차곡 쌓아줌으로써 그들의 나머지 인생을 따뜻하고 배고프지 않게 살아가기에 충분하게 해주었다는 것을 깨닫게 되었다. 심지어 (이 사랑의 대상이자 소비자인) 레안드로스 자신이 살아 있는 사람들 속에 존재하지 않게 되고, 그리하여 아버지의 사랑이 허무하게 자신을 지나쳐 바람에 날려가게 되는 순간이 오면, 더 이상 약간의 사랑도 남겨놓지 말고 모든 사랑을 바로 그 미래의 어느 시간 속으로 미련 없이 떠나보내야 한다는 것 또한 알게 되었다.

레안드로스가 집을 떠날 때의 상황은 다음과 같았다. 그는 페르시아의 현악기인 산티르를 어떻게 연주하는지 알고 있었고, 휴일이면 그의 연주에 만족한 사람들이 종종 악기 속으로 구리 동전을 던져주곤 했었다. 당시 사바 강의 부두에는 산티르 연주로 유명한 네 명의 나이 든 상인들이 살고 있었다. 그들 중 한 명이 여행 중에 병이 나는 바람에 그들에겐 네 번째 악사가 필요하게 되었다. 보통 때의 아침과 똑같았던 어느 날 아침, 아버지 취호리치가 자신의 아들에게 글 쓰는 법을 가르쳐야겠다고 결심하고 테오토코스(Theotokos : 성모마리아)라는 단어로 글을 가르치기 시작하면서 첫 글자인 θ(세타)를 막 보여주었을 때, 손님이 찾아왔다. 사바 강 부두의 상인들 중 가장 나이 든 사람이 취호리치 집 안으로 들어와서 벽에 걸려 있던 레안드로스의 산티르를 내리고 손으로 그 무게를 가늠해보았을 때만 해도 레안드로스는 펜 한 번 제대로 잡아본 적이 없었다. 악기 속에 든 동전으로 인하여 느껴지는 그것의 무게는 젊은 악사에 대한 추천장이 되기에 충분했다. 상인은 아버지 취호리치에게 콘스탄티노플까지 가는 매우 긴 여행에 그의 아들을 자신들의 네 번째 산티르 악사로 내줄 수 없겠냐고 부탁했다. 레안드로스는 아무 주저 없이 그 제안을 받아들였고, 그로 인하여 그의 글쓰기 공부는 시작과 함께 곧바로 중단되면서 결국 첫 글자 이상을 넘어가지 못하고 말았다. 그런데 그를 찾아왔던 나이 든 상인이 같은 시기에 병이 들면서 그들은 산티르 악사의 수를 채우기 위해 레안드로스의 친구까지 데려가지 않을 수 없었다. 그 친구의 이름은 디오미데스 수보타였으며, 헤르체고비나 국경 출신의 사람이었다.

상인들은 베오그라드에서 콘스탄티노플의 오래된 길을 따라 여행을 시작했으며, 살로니카[5]를 거쳐 콘스탄틴 황제의 도시로 향했다. 그들은 헬레스폰트 해협을 볼 수 있었고 세스토스와 아비도스를 거쳐 2년 뒤에 돌아왔지만 여행 중에 기존에 남아 있던 두 명의 산티르 연주 상인 중 한 명이 이상하게 죽음을 맞았다. 그 상인은 자신의 낙타에게 무릎을 꿇게 한 뒤, 그 뒤에 숨어서 보이지 않게 자신만의 볼일을 보는 경향이 있었다. 그런데 그가 소변을 보는 동안 낙타가 그의 위로 몸을 눕히는 바람에 그만 낙타에 깔려 목숨을 잃고 말았다. 다음 해 그들이 다시 콘스탄티노플로 가기 위해 준비를 하고 있을 때 그들은 죽은 상인을 대신할 사람을 찾아내긴 했지만 떠나는 날 나이 든 산티르 악사 중 마지막 사람이었던 네 번째 상인이 대상(隊商)에 모습을 나타내지 않았다. 보통 때처럼 나타나지 않은 상인을 새로운 산티르 악사로 바꾸기 위해 모인 젊은 사람들은 이제 그들 중에 나이든 예전의 악사가 하나도 남아 있지 않다는 것을 깨닫고 서로 놀란 눈빛을 주고받기에 이르렀다. 그러고는 마치 미리 짜놓기라도 한 것처럼 그들의 악기를 내던지고 악사가 아니라 상인으로서 그들의 여행을 계속했다.

---

5) 그리스 동북부의 도시.

터키가 그 세력을 비엔나까지 확장하고 있던 시절, 두 세계, 그러니까 서방과 동방, 유럽과 아시아 사이의 교역은 위험하면서도 수지가 많이 남는 거래였으며, 그 거래는 성공적으로 이루어지곤 했다. 그 여행에서 레안드로스는 아버지의 사랑으로 그의 삶을 채울 때도 그랬고, 또 음악으로 채울 때도 그랬듯이, 자신이 삶에 더하는 것이 무엇이든 그것이 넘쳐나면 허무하게 사라져버린다는 것을 깨닫게 되었다. 그리하여 장사에 큰 재미를 느끼면서 산티르로 다시 눈을 돌려 악기를 손에 드는 법이 없었다. 사실 하루하루 조급하게 살아가고 있는 주변 사람들 역시 이 세상에서 음악을 들어야 할 필요성조차 느끼지 못하고 있었다. 그는 자신의 새로운 장사와 여행, 그리고 느릿느릿 걸어가면서도 중간을 생략한 걸음걸이를 보여주는 낙타에 빠져들고 있었으며, 낙타들은 실제로는 신속하고 효율적으로 완벽하게 공간을 이용하는 놀라운 능력을 숨기고 있었다. 그렇기 때문에 그는 낙타를 본받으려 애쓰면서 자신의 타고난 맥박과 타고난 시간, 타고난 신속함을 부드럽고 조심스러우며 무엇이든 상당히 질질 끄는 태도로 위장해놓고 있었다. 게으름 속에 숨긴 빠른 속도, 그것이 바로 그의 목표였다. 이렇게 하는 것이 자신을 지키는 최상의 방법이란 것을 깨달은 그는 자신의 촛불이 다 타기까지 아직 촛불이 얼마나 남았는지를 숨겨두었고, 바람의 등 뒤에서 그가 좀 더 일찍 먼저 볼 수 있었던 것에 대해 절대로 입을 여는 법이 없었다. 그렇게 낙타를 유심히 관찰하고, 또 몇 년 동안의 수

련을 통하여 그는 자신의 범상치 않은 힘을 완벽하게 숨길 수 있게 되었으며, 자신의 강점을 마치 단점인 듯 대할 수 있게 되었다. 자신의 민첩함이 사람들의 의심을 불러오는 위험한 무기가 될 수 있다는 것을 깨달은 결과였다. 이는 곤경으로부터 그를 보호해주었다. 당시는 힘든 시기였고, 길에는 온통 피로 얼룩진 옷들이 흩어져 있었다. 레안드로스는 상인들로부터 사브르란 칼로 무장한 터키의 강도와 빠르기 이를 데 없는 사냥꾼들, 목을 베어 사람을 죽이는 자들에 관한 끔찍한 얘기를 수도 없이 들었으며, 그들은 상인과 무역상을 습격하여 죽인다고 했다. 상인들은 그에게 사브르를 든 자들은 항상 자위하는 손을 마치 보물처럼 등 뒤로 감춰둠으로써 손이 지치는 법이 없도록 해놓으며, 그 손으로는 아무것도 하지 않고 다른 손으로만 사람을 죽인다고 했다. 레안드로스는 오직 신만이 생명을 앗아갈 수 있는 것이니 악마가 사람을 죽일 수는 없다고 생각하고 있었지만 그것은 헛된 것이었다. 그는 곧 두려움에 떨게 되었다. 그리고 사브르를 든 자에 대한 두려움으로 이곳저곳을 살피느라 그의 눈동자가 뺨과 얼굴 전체를 뛰어다니고 있을 정도였다.

그의 내면에 있는 그 두려움은 한 점쟁이에 의해 더욱 증폭되고 말았다.

그 점쟁이는 낡은 물탱크 안에서 살고 있었고, 밤에 잠이 오지 않을 때면 일어나서 칼을 갈거나 양말을 신은 채 발을 씻었으며, 그러면 그의 외로움이 마치 치즈 녹듯 곧바로 사라져버린다고 했다. 사람들은 레안드로스에게 말했다. "만약 자네가 그 점쟁이에게 동전 한 닢을 주면 그가 면도를 해줄 것이고, 동전 두 닢을 주면 면도를 하는 동안 자네의 앞날을 봐줄걸세. 하지만 조심하게나. 그는 이발사라기보다 앞날을 말해주는 데 더 능한 사람이거든."

레안드로스는 물탱크 앞의 바위 위에 앉아 동전 두 닢을 건넸다. 그 예언자가 미소를 지었고, 누구나 그에게서 미소만이 유일하게 나이를 피해갔다는 사실을 알 수 있었다. 그는 레안드로스에게 입을 크게 벌리라고 말하더니 갑자기 그의 입에 침을 뱉었고, 이어 그 자신의 입을 크게 벌렸다. 레안드로스가 예언자의 입에 다시 침을 뱉어 되돌려주자 예언자는 레안드로스의 양쪽 뺨에 침을 뱉고 그 침을 넓게 바른 뒤, 면도를 시작했다.

"터키인들이 내일 습격할 것 같소, 아니면 모레 습격할 것 같소?" 레안드로스가 반 농담 삼아 물었다.

"난 그런 건 전혀 모르오." 점쟁이의 목소리가 벽돌로 지어진 커다란 물탱크 안을 울리며 그들의 주변을 맴돌았다.

"그러면 당신이 도대체 무슨 예언자란 말이오?"

"댁도 알다시피 세상에는 두 가지 부류의 점쟁이가 있소. 바로 비싸거나 싼 부류죠. 하지만 전자는 좋고 후자는 나쁘다는 생각은 하지 말길 바라오. 그건 중요한 게 아니오. 비싼 점쟁이들은 빨리 알아야 하는 눈앞의 비밀을 다루고 싼 점쟁이들은 천천히 다가오는 먼 미래의 비밀을 다루오. 그것이 그들의 차이라오. 가령 나 같은 경우는 싼 점쟁이요. 왜냐하면 난 내일이나 내년의 일을 내다보는 것에선 당신보다도 못하기 때문이오. 하지만 내겐 먼 미래가 보이오. 나는 2, 3백 년 뒤에 늑대가 어떻게 불리게 될지, 어떤 왕국이 몰락할지 예언할 수가 있소. 그렇지만 2, 3백 년 뒤에 일어날 일을 누가 알려고 하겠소? 그런 건 아무도 알려고 하지 않소. 심지어 나도 알고 싶은 마음이 없소. 그건 사실 나랑 전혀 상관이 없는 일이기도 하오. 하지만 그와 다른 경우가 있소. 예를 들어 두브로브니크[6]에 있는 비싼 점쟁이들은 내일이나 내년에 일어날 일들을 예언하고 있소. 마치 대머리가 모자를 필요로 하듯 모든 사람들이 그와 같은 것을 필요로 하지요. 그래서 그에 대해선 복채를 얼마나 내야 하는지 묻지도 않고 마치 어린 돼지의 날개에 돈을 내기라도 하는 양 수중에 있는 대로 다 퍼주게 되오. 하지만 이들 두 부류의 예언가와 예언이 서로 아무 관련이 없다거나 서로 모순된다고 생각해선 아니 되오. 그 둘은 사실상 똑같은 하나의 예언이라오. 그것은 바깥쪽과 안쪽을 가진 바람에 비유될 수 있소. 바람의 안쪽이란 비를 뚫고 바람이 불 때 비에 젖지 않고 마른 상태로 있는 부분을 가리키는 것이오. 그런 식으로 대개의 점술가는 바람의 바깥쪽만 보지만 또 다른 어떤 점술가는 안쪽만을 보는 것이라오. 누구도 양쪽을

---

6) 유고슬라비아 남부, 아드리아 해에 있는 항구도시.

모두 보지는 않소. 그런 이유 때문에 전체적인 그림을 맞춰보고, 또 안쪽으로 자리한 바람의 오른쪽을 보려면 최소한 그 둘을 모두 알아보아야 하는 것이라오……

"그럼 이제 당신이 내게서 무엇을 얻을 수 있는지 말해주겠소. 인간이란 마치 배의 나침반과 같은 것이라오. 인간은 나침반과 똑같이 가운데 축을 중심으로 원을 그리며 회전을 하면서 자신이 회전을 할 때 세상의 네 면을 모두 볼 수가 있소. 하지만 위나 아래로는 아무것도 보지를 못하오. 그런데 엄밀히 말하여 인간이 주의를 기울여 알고 싶어하는 두 가지가 바로 이 위아래에 있소. 인간의 아래에 있는 사랑과 위에 있는 죽음이 바로 그것이라오.

"세상에는 다양한 사랑이 있소. 어떤 사랑은 포크만으로도 찍어서 먹을 수가 있고, 어떤 사랑은 굴처럼 사람의 손으로 집어서 먹을 수가 있소. 또 어떤 사랑은 그것에 숨 막혀 죽지 않으려면 반드시 칼로 잘라서 먹어야 하오. 그런가 하면 국물 같은 사랑도 있어서 오직 수저만이 도움이 될 때도 있소. 아니면 아담이 땄던 사과처럼 나무에서 따야 하는 사랑도 있소.

"이번에는 죽음에 관하여 얘기를 해보겠소. 그것은 우리가 이 하늘 아래서 마치 뱀처럼 우리들 기원의 나무로 오르내릴 수 있게 해주는 유일한 통로라오. 죽음은 당신이 태어나기도 전에 당신을 기다리며 어딘가에 숨어 있을 수도 있고, 또 아주 먼 미래로부터 당신을 만나기 위해 현재로 다시 돌아올 수도 있소. 당신이 알지도 못하고 한 번도 본 적이 없는 누군가가 마치 꿩을 공격하는 사냥개처럼 그의 죽음으로 당신에게 달려들 수도 있고, 헤아릴 수 없이 먼 거리에서도 당신을 잡아오라고 그 사냥개를 보낼 수도 있소……

"하지만 그 문제는 접어두기로 합시다. 보아하니 당신은 아주 아름다운 목을 가졌소. 이런 목은 여자의 손과 병사의 칼을 유혹하는 법이오. 사실 내 눈에는 목이 긴 군화를 신은 병사가 보이오. 그는 황금빛의 장식술이 달린 사브르로 면도를 하고 있고, 그 사브르로 당신을 죽일 것이오. 왜냐하면 당신의 목도 분명하게 보이기 때문이오. 당신의 머리는 마치 세례요한의 머리처럼 쟁반 위에 놓여 있소. 이유는 한 여자 때문이오…… 하지만 걱정하지 마시오. 곧 일어날 일은 아니니 말이오. 그 전에 오랜 시간이 흐르고 수많은 충만의 날들이 있을 것이오. 백조 같은 나의 사람이여, 부디 그때까지 여자들로부터, 또 사브르로부터 목을 잘 지키기 바라오. 자, 그럼 이제 씻으시오……"

그렇게 면도와 예언은 끝났다. 그곳을 떠날 때 레안드로스의 뒤로 그 해의 첫눈이 내렸고, 예언가의 우렁찬 목소리가 크게 울리고 있었다. 레안드로스는 눈이 마치 양탄자에 달라붙을 수 있는 것처럼 어떤 목소리에도 달라붙을 수 있다는 생각이 들었다. 그리고 그는 위로부터 엄습한 추위와 그의 내면에서 느껴지는 소름으로 온몸을 떨어야 했다.

예언은 레안드로스를 불안하게 만들었다. 사브르를 든 자에 대한 두려움이 그 어느 때보다 그에게서 더더욱 현실이 될 것만 같은 느낌이었다. 심장이 왼쪽에서 오른쪽으로 흔들렸고 그 두려움에 감염되어 그의 꿈마저 전염병이 되어버렸다. 가령 레안드로스가 꿈속에서 까마귀를 보고 웃었다는 이유로 까마귀가 그의 이빨을 쪼는 꿈을 꾸었다면 그날 그가 스친 모든 사람들은 까마귀가 자신들의 이빨을 쪼는 꿈을 꾸게 되었다.

하지만 당시 사브르를 든 자에 대한 두려움이 가장 컸을 때도 레안드로스는 그를 만나지 못했다. 그는 사브르를 든 자를 만나기 전에 한 소녀를 만났다. 그의 일행들이 오흐리드[7]에서 겨울을 나고 있는 동안 그는 두려움이 너무 커 자신의 타고난 리듬을 잃어버렸으며, 자신의 비밀스런 장점을 살려 더 바람직하게 발전시켜가지 못하고 오히려 퇴보하고 있었다. 어느 날 저녁, 그는 어디선가 울려오는 산티르의 연주 소리를 들었다. 예전처럼 무심하게 흘려보내지 못한 채 그는 그 연주에 사로잡혀 주의 깊게 소리를 듣고 있었다. 그것은 마치 한 발자국 뒤로 물러난 걸음인 듯 여겨지는 연주였다. 그것은 남자의 연주가 아니라 여자의 연주였으며 비록 무엇이 그러한 차이를 가져오기 시작하는 것인지 그 원인에 대해선 알 수가 없었지만, 그 차이를 알아차리는 레안드로스의 귀를 피해가지는 못했다. 귀 기울여 들으면서

---

7) 유고슬라비아 남부, 마케도니아 지방의 오흐리드 호수 동북부에 있는 도시.

그는 또 다른 사실도 알게 되었다. 연주하던 곡은 줄 위에서 손가락을 겹쳐야 하는 구절이 있었지만 산티르 연주자는 그 부분에서 음을 놓친 뒤, 마치 숨을 쉬기 위해 잠시 멈추었던 것인 양 몇 초 후에 다시 음을 이어갔다. 레안드로스는 무엇이 문제인지를 알아차렸으며 다음 날 연주를 하고 있는 소녀를 보았을 때 그가 소녀에게 건넨 첫 마디는 다음과 같은 말이었다. "당신이 연주하는 것을 들었어요. 왼손의 손가락 하나가 없겠구나, 라고 생각을 했죠. 그리고 그게 바로 약지겠구나, 하고 짐작했고요. 하지만 연주는 손가락을 잃기 전에 배웠나 보다, 라고 여겼죠. 맞나요?"

"맞아요. 3년 전에 사람들이 자신들에 대한 저주를 피해야 한다며 나를 희생양 삼아 시뻘겋게 달구어진 금속 산티르의 줄 위로 내 손을 밀어 넣었어요. 그때 이후로 이렇게 연주를 하면서 내 스스로 없어진 손가락을 끊임없이 기억하게 되었어요. 그렇지만 당신이 그런 부분까지 들어주길 원했던 건 아니었어요……" 소녀의 답이었다.

레안드로스는 곧바로 자신만이 갖고 있는 삶의 방식이 소녀의 불운을 잊게 해주는 데 도움이 될지도 모른다고 생각했다. 그는 왜 사람이 삶에 세심하게 주의를 기울일 필요 없이 대충대충 살아야 하는지에 대해 설명하려 애썼다. 매일 밤, 그들은 호숫가를 거닐었으며, 그는 자신이 감추고 있는 특이한 장점을 그녀에게 가르쳐주기 위해 애썼다. 알고 보니 데스피나 — 그것이 그 소녀의 이름이었다 ― 는 배우는 데 있어선 아주 뛰어난 여자였고, 곧 줄이 뜨겁게 달구어진 산티르가 불러온 불행의 날들을 잊어버렸다. 비록 두려움으로 가득 찬 날들이기도 했지만 레안드로스가 그 상인들을 떠나 그들에게서 배운 처신과 그 자신이 벌어들인 돈으로 먹고살아 가게 되면서 그랬듯이 그녀 또한 그 악기를 영원히 버렸다. 데스피나는 음식을 먹을 때 서서히 그가 보여주는 리듬을 익혀갔고, 그의 말과 걸음걸이를 성공적으로 흉내 냈다. 또 그가 사용하는 것과 똑같이 어지러울 정도의 속도로 자신의 눈을 사용하기 위해 수련을 했고, 그러다 때때로 자신의 모든 날들에서 하루로 이틀을 산다는 느낌을 갖기에 이르렀다. 하지만 그녀를 가르치다가 호숫가를 함께 거닐 때면 그들은 호기심 많은 시선들을 피하여 그들만이 갖고 있는 비밀스런 공통의 속도를 숨겨두었고, 그러면서 둘은 서서히 가까워지기 시작했다. 때로 그녀의 반지가 그의 눈속에서 반짝였고, 그녀를 바라볼 때면 그는 벽화에서 볼 수 있는 죄를 지은 여인들처럼 그녀도 가슴에 젖꼭지 대신 나선으로 말린 두 개의 암퇘지 꼬리를 갖고 있는 것은 아닐까 하는 궁금증에 빠져들곤 했다. 그 당시 레안드로스는 여자들이나 그 자신에 대해서 거의 아는 것이 없었다. 물론 그는 포도주를 여자처럼 다루어야 한다는 것 정도는 알고 있었다. 그것은 여름에는 여름의 방식이, 겨울에는 겨울의 방식이 따로 있다는 것이었다. 아울러 그는 여름에는 독한 포도주를, 겨울에는 순한 포도주를 내놓아야 한다는 것도 알고 있었다. 그것이 레안드로스가 가족들과의 대화에서 들어 알고 있던 여자에 관한 전부였지만 손가락을 잃은 그 소녀가 그런 그의 마음을 빼앗아간 것이었다. 그 당시 어디선가 그를 기다리고 있었던 것은 "텅 비어 있던 그의 이야기"였으며 그 이야기는 마침내 레안드로스를 향해 그의 이야기 속으로 들어오라고 울부짖고 있었다.

드린 강의 물줄기는 오흐리드 호수를 반으로 가르며 오흐리드 호수를 뚫고 흘러간다. 어느 날 저녁, 데스피나와 레안드로스는 배에 고기잡이 그물을 싣고 호수를 가로질러 강의 하류 쪽으로 배를 저어갔으며 새벽녘 반대편 둑에 배를 댔다. 그날 밤, 그들의 배는 두 가지의 물이 뒤섞이는 호수 위로 떠 있었고, 둘은 그물로 가린 배 안에서 처음으로 함께 누웠다.

하지만 레안드로스는 그날 일어날 모든 일을 이미 몇 시간 전에 예감하고 있었다. 그의 예감은 그대로 맞아떨어졌으며 두 사람은 서로를 더듬어보지도 못했는데 레안드로스가 그만 사정을 하고 말았다. 어쨌거나 그의 리듬은 그녀와 완전히 달랐고, 처음으로 그는 자신이 갖고 있는 비밀스런 장점의 밑바닥으로 추락한 듯한 끔찍한 운명을 마주하게 되었다. 그 후에도 그들은 한 몸이 될 수 없었으며 레안드로스는 마치 호수에 알을 낳아 강물에 흘려보내기라도 하는 것처럼 그 소녀가 아니라 자신의 밑에 놓여 있는 그물에 정액을 채우며 이후의 밤들을 흘려보내야 했다.

마지막 날의 저녁, 데스피나는 성 나움 수도원에서 양초 두 개를 샀다. 그중 하나는 레안드로스에게 주었고, 다른 하나는 그녀의 작은 병 속에 간직했다. 늘 그러했듯이 그들은 호수를 가로질러 강으로 떠났고 레안드로스는 다시 한번 시도를 해보았다. 그것이 마지막이었다. 그가 소녀를 만지기도 전에 사정을 하면서 이번에도 역시 실패를 하자 데스피나는 그가 양초를 이용하여 그녀의 처녀성을 가져갈 수 있도록 해주었다. 그 후, 아직 새벽이 오기 전의 어느 때쯤 그녀는 노를 저어 세르비아 절대군주들의 사원인 자훔의 성모마리아 수도원 앞쪽의 넓은 해변에 배를 갖다댔다. 그곳은 물길로만 갈 수 있는 곳이었다. 그곳에서 그녀는 자신이 갖고 있던 또 다른 초에 불을 켜고 그것을 레안드로스에게 내밀었으며, 그에게 입을 맞춘 뒤 그를 사원에 남겨둔 채 드린 강의 아래쪽으로 노를 저어 떠났다.

괴롭고 지친 그들은 서로가 몸으로 맺어질 수 없는 사이라고 확신하면서 영원히 헤어지고 말았다. 레안드로스가 손에 든 초를 갖고 호수변으로 올라왔을 때는 아침 예배가 거의 끝나가고 있었다. 그 수도원으로 들어가기도 전에 그는 수도원에서 어떤 성상(聖像)의 장례 의식이 진행 중이란 것을 알아차렸다. 성상(聖像)의 인물은 펠라고니아 출신의 매우 나이 든 인물이었으며, 사람들이 그 성상(聖像)을 무덤에 안치하고 그 위에 포도주를 뿌리기 전에 레안드로스는 간발의 차이로 아슬아슬하게 그 자리에 있던 성화를 살펴볼 수 있었다. 성화는 자신의 아이에게 젖을 먹이고 있는 성모마리아와 그들의 옆에서 손도끼를 들고

서 있는 한 남자 — 사실 그는 성 세례요한이었다 — 를 담고 있었다. 아이의 작은 발에서 신발이 벗겨져 있었고, 여자 옆의 남자가 신발끈을 잡고 신발을 아이의 발꿈치 쪽으로 밀어 넣고 있었다. 갑작스런 신체 접촉을 느끼면서 아이는 엄마의 젖을 물었고, 그러자 그녀는 무슨 일이 일어났다는 것을 깨달으면서 신발을 신기려고 하는 남자를 힐끗 쳐다보고 있었다.

그림은 그렇게 둥글게 순환하며 원을 그리고 있었고, 그 남자와 그의 손, 아이의 발뒤꿈치, 여자의 가슴, 그녀의 시선, 그리고 그녀의 시선이 다시 그 남자에게로 되돌아오면서 이들 사이에 하나의 선이 끊어지지 않고 흐르고 있었다. 성상(聖像)을 땅에 묻기 전에 잠깐 레안드로스의 눈을 사로잡았던 그 선은 그가 언젠가 배운 적이 있었던 유일한 문자, 바로 세타, 즉 θ와 비슷했고 그것을 보면서 그는 이렇게 생각했다. "음, 그러니까 결국에는 서로의 몸으로 맺어지는 것이 가능한 것이구나!"

그리고 그는 그 수도원으로 들어갔으며 수도승이 되었다.

하지만 레안드로스에게 곧바로 수도승이 될 수 있도록 허용된 것은 아니었다. 다른 무엇보다 그가 아직 수염도 나지 않았을 정도로 어렸기 때문이었다. 게다가 그가 자신이 어디 출신이며 가족들이 동방이나 서방의 기독교 어디에도 속하지 않고, 선조들의 신앙을 그대로 따라 옛날의 보고밀파[8]나 파타리아와 같은 신앙에 속한다고 털어놓은 것이 더욱 큰 원인이 되었다. 그러자 그는 형제로 인정받기 전에 수련수사로 회개하며 몇 년 동안을 보내야 하는 의무를 다해야 했다. 그 시간 동안 그는 책으로 가득 찬 목재 종탑에 틀어박혀 지내야 했다. 종탑의 아래쪽엔 종에서 내려온 줄의 남은 부분이 둘둘 말려 있었고 그는 그 말려 있는 줄 위에서 잠을 잤으며 밤에 바람이 종을 흔들어 그의 아래쪽에 놓인 줄이 당겨질 때면 잠에서 깨곤 했다. 그럴 때면 그는 무시무시한 힘으로 수많은 자갈을 수도원의 문을 향해 던지고 있는 듯한 술 취한 호수의 소리를 들었다. 하지만 레안드로스에게 더 이상의 두려움은 없었다. 데스피나와 함께 할 때 그에게 벌어졌던 그 일 이후로 사브르를 든 자와 여러 악몽들의 이야기는 그에게 어린애의 장난 같은 일로 여겨지게 되었다.

그가 사원 가까이 자리한 바람이 잘 통하는 곳에서 작은 성상의 무덤을 가지런히 정리하고 그곳에 꽃을 심은 뒤 바위로 둘러싸 그곳으로 들어가는 문을 만들고 있는 동안 수도승들은 그를 가리켜 "마치 굶주린 아버지 밑에서 자란 듯 결코 채워지는 법이 없다"고 말했다. 늦은 밤이면 그는 창가에 작은 초를 켜고 어둠을 밝혔으며 수도승들이 문서를 필사할 때 사용하는 깃털로 된 펜의 끝을 뾰족하게 다듬어주었고 산딸기류에 속하는 각종 열매와 화약으로 잉크를 만들어주었다. 이어 그는 침을 뱉어 촛불을 껐으며 어둠 속에서 자신이 수도원에 받아들여지고 그리

---

8) 중세의 이원론적 그리스도교의 일파.

하여 그 역시 쓰는 법을 배우고 종탑의 벽에 늘어서 있는 책들을 읽을 수 있게 될 바로 그날을 꿈꾸다가, 마침내 자정 예배 무렵에 아주 빠르게 깊은 잠에 빠져들어 충분하게 휴식을 취했다.

1689년, 드디어 그가 수도회에 들어가는 것이 허용되었으며 수도승이 되는 의식을 마칠 때쯤 수도원의 부원장이 그에게 말했다. "내 아들아, 오늘 이후로 너의 이름을 이리네이로 하노라." 레안드로스는 종이 울리는 소리를 들었다. 처음에는 호수 뒤쪽의 성 나움 수도원에서 종이 울렸고, 이어 그들 자신들의 수도원인 자훔의 성모마리아 수도원, 그 다음에는 북쪽으로 더 멀리 자리한 오흐리드의 성 소피아 수도원, 이어 페리드렙타 수도원과 성 클레멘트 수도원과 같은 식으로 이어지며 호수를 한 바퀴 돌아 종소리가 처음 시작되었던 성 나움 수도원에서 다시 합쳐질 때까지 종소리는 계속되었다. 바로 그때 갑자기 레안드로스의 친구 디오미데스 수보타가 먼지를 뒤집어쓴 채 지친 모습으로 수도원으로 뛰어들었다. 그는 스코플리에[9]가 불탔고, 오스트리아 군대의 사령관인 피콜로미니 장군이 죽었으며, 전염병이 기독교 군대를 휩쓸어버렸고, 잔혹한 터키 군대가 바르다르 계곡을 따라 계속 북진하면서 소피아에서부터 마을과 사원에 이르기까지 모든 것을 불태우고 칼로 베고 있다고 알려주었다. 디오미

---

9) 유고슬라비아 동남부의 도시.

데스 수보타와 다른 상인들은 그들의 물건과 돈을 모두 잃었으며, 그는 단지 수염과 셔츠만 건진 채 레안드로스에게 도움을 청하러 온 것이었다.

"그들이 모든 것을 파괴할 거야, 모든 것을!" 그는 같은 말을 몇 번이고 되풀이하면서 울리고 있는 종소리를 막으려 계속 번갈아가며 양손을 겹쳐 손가락이 일그러질 정도로 양쪽 귀를 강하게 틀어막고 있었다. 레안드로스와 디오미데스가 얘기를 나누고 있는 동안 다른 수도승들은 이미 자루에 귀중한 것들을 챙기고 빗장을 걸어 문을 잠갔으며 배를 밀어 만으로부터 멀리 떠나기 시작했다. 호수 위 길에서는 집을 떠나는 사람들의 소리가 들려왔고, 그들의 모습도 보였다. 사람들은 북쪽으로 도망치면서 가축을 몰고 가고 있었고, 가축들에 달려 있는 구리로 된 종을 떼어내거나 속을 풀로 채워 종이 울리지 않게 막아놓고 있었다. 바로 그때, 연기와 악취로 가득 차 있는 동시에 기름 냄새까지 풍기는 무거운 바람이 호수를 뒤덮었다. 레안드로스는 소작농들이 가져갈 수 없는 것이면 그것이 무엇이든 닥치는 대로 불을 질렀다는 것을 알 수 있었다······

그렇게 이리네이 자홈스키는 단 하루도 수도승으로 수도원에서 지낼 수가 없었으며, 쓰기 공부 역시 또 다시 좋은 시절이 올 때까지 미룰 수밖에 없었다. 그는 낚싯바늘 몇 개를 성직자들의 평상복에 꽂아서 챙기고, 자신의 금화를 아무도 모르는 곳에 숨겼다. 그리고 성상(聖像)의 무덤을 돌아보다가 펠라고니아 출신의 성상(聖像) 무덤 앞에서 자신의 머리카락을 한 줌 잘라 그것으로 십자가를 감쌌다. 그는 어릴 때 여자들이 남편의 묘지에 자신의 땋은 머리를 잘라서 남겨놓는 것을 본 적이 있었다. 이어 그는 디오미데스에게 금화 두 닢을 주고, 그 두 닢을 묶어서 수염 속에 숨기도록 한 뒤 두 사람은 피난길에 올랐다.

피난길의 바로 첫날, 그는 심지어 피난민들 사이에도 최소한 두 가지 부류의 사람들이 있다는 것을 알게 되었다. 한 부류는 잠을 자거나 쉬지도 않고 밤낮없이 서둘러 계속 앞으로 나가며 두 곳의 야영지와 야영지, 총격전이 벌어지는 두 곳의 화염과 화염 사이에서 씨앗을 뿌리고 나중에 수확할 수 있기를 기대하는 사람들이었다. 나중에 길에서 이런 사람들을 만나면 그들은 크게 지쳐 보였다. 포도주 2오크[10]에 1오크의 밀랍을 내주며 둘을 맞바꾸고 있었고, 피난을 계속하는 것이 거의 불가능할 정도였다. 또 다른 부류의 사람들은 좀 더 조용히 피난을 했지만 휴식을 취할 때면 불안해하며 전쟁터에서 들려오는 소식을 알아보기 위해 피난민들의 천막을 돌아다니거나 불 옆에 앉아 장님들이 연주하는 구슬라[11]소리에 귀를 기울였다. 그들의 피난은 느린 속도로 이루어졌으며, 얼마 되지 않아 레안드로스가 하는 것

---

10) 중량 단위로 약 1.25kg.
11) 남슬라브 족, 특히 유고슬라비아의 세르비아·보스니아 등지에 전해오는 민속 악기.

과 똑같이 행동했던 몇 안 되는 사람들에게 완전히 추월당하고 말았다. 그는 디오미데스 수보타에게 자신의 피난 방식을 설득하는 것이 어렵다는 것을 느꼈다. 그들은 비잔틴의 시간을 기준으로 측정하여 낮을 반으로 나누었으며, 밤도 그렇게 했다. 두 사람은 정오와 자정에 휴식을 취했으며, 너무 빨리 걸어 오스트리아 군대를 따라잡는 일이 없도록 주의를 기울였다. 오스트리아 군대가 퇴각을 하면서 약탈을 하고 있었기 때문이다. 또 한편으로 그들은 피난의 걸음이 너무 느려지는 법이 없도록 주의를 기울여야 했다. 그렇지 않으면 왕의 군대에 소속된 타타르인 선발대에게 습격당할 위험이 있었기 때문이다. 그들 뒤에선 낙오의 두려움이 그들을 쫓아오고 있었으며, 그 두려움이 그들 자신을 앞으로 몰고 가고 있었다. 아울러 전염병과 굶주림이 쫓아오고 있었으며 전염병의 뒤에선 불을 지르고 부수며 손 닿는 거리의 모든 것을 베어버리는 터키인들이 쫓아오고 있었다. 이 끔찍한 혼란 중에 레안드로스와 디오미데스 수보타는 피난민으로 가득 찬 길에서 때로 꼼짝 않고 자리를 지키고 있는 사람을 만나곤 했다. 그 사람은 한 줌의 흙 속에 씨앗을 뿌리며 그것이 꽃을 피울 때까지 꼼짝 않고 그곳을 지키겠다고 맹세하고 있었다.

"그들이 모든 것을 파괴할 거야, 모든 것을 말이야! 한 무리가 못하면 또 다른 무리가 그렇게 할 거야." 디오미데스가 한쪽 다리로 서서 두 손으로 반대편 다리를 문질러 따뜻하게 해주며 같은 말을 반복했다. 그러다 어느 날 저녁, 레안드로스가 갑자기 디오미데스가 늘어놓는 불평을 가로막았다.

"디오미데스, 네게 한 가지 말해둘게 있어. 나는 우리 뒤에 남겨질 모든 것을 불 질러 없애는 것은 미친 짓이라고 생각해. 어쨌든 적들은 모든 것을 남김없이 파괴하고 불태우지는 못할 거야. 그건 겨울 서리가 물고기를 마르게 하듯이 이 땅을 모두 메마르게 만드는 자연의 계절과는 달라. 그렇기 때문에 지금과 반대로 우리가 적들의 손에 파괴할 것을 더 많이 더 오랫동안 남겨둘수록 우리가 떠난 뒤에 적어도 우리들에게 무엇인가 희망이 될 것도 더 많이 남게 되는 것이라고 할 수 있어. 그리고 바로 그 때문에 우리가 불을 지르거나 파괴해선 안 되는 거야. 심지어 우리는 지금 이 순간에도 무엇인가를 건설해야 해. 사실 우리는 모두 건축을 하는 장인들이야. 그동안 우리에겐 똑딱똑딱 움직이는 시간과 하루 이틀 흘러가는 날들, 그리고 한 해 두 해 쌓이는 해라고 불리는 독특한 대리석이 주어져왔고, 잠과 포도주는 그 대리석과 대리석 사이를 메꿔주는 모르타르였어. 자신의 주머니 속에서 구리 동전이 금화를 먹어치우거나 밤이 낮을 집어삼키도록 내버려둔 사람들에겐 그저 걱정만이 있겠지만……"

애기를 하면서 레안드로스는 자신이 말한 것에 스스로도 놀라고 있었다. 그는 디오미데스에게 이르기도 전에 자신의 내면에서, 그리고 목구멍에서 귀에 먼저 도달하는 자신의 목소리에 놀라고 있었으며, 그가 바로 이 순간까지 모르고 있었지만 그런 말을 해야겠다고 갑자기 결정을 내리기도 전에 그 목소리가 이미 그의 내면에 있었던 것처럼 여겨졌다. 그것은 마치 그가 지금까지 내내 어둠 속에서 길을 걸으며 발밑의 도로를 느끼고 있었지만, 그 도로가 사실은 그 밑의 보이지 않는 다리이기도 하여 그가 도로와 다리를 동시에 걷고 있었다는 사실을 몰랐으며 전혀 그런 사실을 알려고도 하지 않고 있었던 듯한 느낌이었다. 분명한 것은 그가 이제 그 다리를 건너 다른 강둑에 서 있다는 것이었으며 또 한 가지 분명한 것은 그가 이제는 단순하게 결정을 내리고 그 결정을 동행하고 있는 자신의 친구에게 일방적으로 알리고 있었다는 것이었다.

"디오미데스, 이제는 우리의 대리석으로 무엇인가를 건설해야 할 때가 왔어. 우리 조상들이 했던 건축일로 돌아가야 할 때가 온 것이지. 그리고 이후로 바로 그 일이 우리가 할 일이 될 거야. 당장 오늘부터 우리는 무엇인가를 건축하게 될 거야. 우리는 도망을 치면서 그 도망 중에 짬을 내 무엇인가를 건축하게 될 거야. 네가 원한다면 나와 함께 해도 좋아. 만약 그렇지 않다면 너의 수염 안에 있는 금화 두 닢을 갖고 떠나. 그것은 너의 여행을 위한 경비가 되어줄 거야. 지금부터 나는 3일 동안 걸어서 닿게 되는 곳마다 무엇인가를 건축할 거야. 그것이 무엇이든 상관없어. 그것이 무엇이든 내가 알고 있는 대로 건축하게 될 거야."

디오미데스 수보타는 이 끔찍한 제안 앞에서 두려움에 떨어야 했다. 그는 자신의 친구에게 심지어 죄 없는 사람들조차도 자신의 목숨을 내놓아야 하는 이런 시기에 제발 실수 좀 하지 말라고 간절히 애원했다. "이미 오래전에 칼집을 버리고 날이 바짝 선 칼만 든 채 너와 같은 목을 가진 사람을 찾아 이 세상을 뒤지고 다니는 누군가가 있어. 너는 그런 자에게 붙잡히고 말 거야. 길은 지금 그런 자들로 가득 차 있어. 아직 시간이 있을 때 빨리 도망쳐야 해."

그러나 레안드로스는 더 이상 그런 자들을 두려워하지 않았다. 그가 두려워하고 있는 것은 여자들뿐이었다. 그 이외에선 레안드로스는 이상할 정도로 자신감에 가득 차 있었다. 반면 디오미데스는 자신감이 거의 없었으며 디오미데스 수보타를 무일푼에 가까운 존재로 만든 금화에 의해 레안드로스는 이해할 수 없을 정도로 자신감이 높이 치솟은 상태였다. 레안드로스는 마차 여행을 어떻게 했던가를 기억해내며 두 개의 왕국과 세 개의 종교 사이에서, 또 바람처럼 그곳으로 불어오는 수많은 언어들 사이에서 대처를 잘했으며, 그가 걷는 길은 이제 한때 자신이 수긍했던 그의 의지와는 정반대 방향으로 향하고 있었다.

어느 날 아침, 이제는 이리네이 자홈스키로 불리게 된 레안드로스는 순금 덩어리를 주고 낙타를 구한 뒤, 디오미데스를 그 위에 앉히고 그의 손에 10두카트의 금화를 쥐여주었다. 그는 디오미데스를 이바르 계곡으로 보내 걸어가는 자신보다 3일 먼저 그곳에 도착하게 한 뒤, 돌을 치우고 타일을 구워 건축 준비를 하도록 했다. 레안드로스는 늘 그랬듯이 걸어서 그 뒤를 따랐다. 3일째 되던 날, 그는 걸으면서 잠이 들었고, 멀리 보이는 험난한 바다가 파도와 물과 햇불로 일어나 자신에게 밀려오는 꿈을 꾸었으며 그 때문에 그는 헤엄을 쳐 그 바다를 헤쳐나가지 않을 수 없었다. 잠자면서 걷고 있었기 때문에, 깨어났을 때 그는 꿈속의 파도가 자신의 발걸음이었다는 사실을 알게 되었다. 그리고 눈을 떴을 때 사브르를 든 자가 그의 눈앞에 있었다.

어마어마한 체구의 그는 말을 탄 채 길을 가로막고 있었으며 말의 발굽은 브라질 다목의 암나무에서 채취한 빨간 물감으로 칠해져 있었다. 그의 머리는 머리카락이 하나도 없는 맨살이었으며 그는 정수리에서부터 머리를 땋는 대신 양쪽으로 깔끔하게 빗어놓은 두 개의 화려한 붉은 콧수염을 자랑스럽게 기르고 있었다. 피난민들이 모두 마치 마법에라도 걸린 듯 계속 그가 있는 쪽으로 움직였기 때문에 점점 더 그에게 가까워졌으며 그들 중에는 레안드로스도 포함되어 있었다. 그러다 어느 순간, 사브르를 든 그자가 갑자기 자신의 뒤통수를 쳤고, 다른 한 손으로 그의 눈에서 쑥 빠져나온 인공 눈알을 능숙하게 낚아챘으며, 동시에 이 엄청난 광경을 놀라운 눈으로 바라보고 있는 피난민들의 한가운데로 돌진하더니 뽑아든 사브르를 마구 휘둘렀다. 그러다 갑자기 레안드로스 앞에서 그가 말을 멈추었다. 그는 사브르의 칼끝을 레안드로스의 곱슬거리면서 땀에 밴 수염 밑으로, 그가 다치지 않게 주의하면서도 단호하게 밀어 넣더니, 레안드로스의 머리 뒤쪽이 그의 엉덩이 쪽에서 시선에 잡힐 때까지 자신의 희생물이 될 그의 턱을 천천히 들어올리기 시작했다. 처음에 그는 수염 안에 묶어서 숨겨둔 금화를 찾는 듯 여겨졌지만 곧 사브르를 든 자의 시선이 꽂혀 있는 곳이 레안드로스의 목이라는 사실이 분명해졌다. 잠시 후 그는 사브르를 거두더니 레안드로스에게 이렇게 말했다. "죽음을 두려워하지 말라. 죽는다는 것은 더 이상 누군가의 아들일 필요가 없다는 뜻이다. 오직 죽음의 순간에 이르러서야 그런 일이 일어나게 된다. 살아 있는 한 그런 일이 일어날 순 없다. 하지만 나는 너의 머리를 자르지 않을 것이다. 너의 목은 아무래도 이씨아의 것인 듯싶구나. 그래서 너의 목은 이씨아의 선물로 남겨놓고 싶다. 너의 목은 이씨아에게 큰 기쁨이 될 것이다. 이제 너는 곧 이씨아의 눈에 띄게 될 것이다. 아마 이미 이씨아가 너를 찾고 있는지도 모르겠다. 너는 그의 것으로 남겨두겠다!"

사브르를 든 자는 피에 물든 전리품들을 챙기고는 말을 빨리 몰아 즐겁게 그 자리를 떴다.

이 모든 사태가 끝났을 때, 레안드로스는 다른 사람들과 마찬가지로 피난을 계속했으며, 너무도 피곤하여 걸으면서도 계속 잠을 잤고, 얼마 가지 않아 그 끔찍한 이씨아라는 이름이 계속 귓속을 울리게 되면서 그가 사브르를 든 자에 대한 꿈을 꾼 것인지, 실제로 그를 만난 것인지 더 이상 알 수가 없는 지경에 이르고 말았다. 약속한 날, 그는 시간 맞추어 정해진 장소에 정확히 도착했고, 그곳에서 디오미데스 수보타를 만났으며, 수보타는 아직 떠나지 않고 있었다. 수보타는 그라다츠의 지차 사원 가까운 곳에서 광천수가 있는 곳의 위로 자리를 잡고, 약속한 대로 타일을 굽고 건물의 터를 파놓고 있었으며, 부드럽게 으깬 음식과 돌무더기, 자신들의 집을 포기한 소작농들로부터 헐값에 사들인 나무들보를 준비해놓고 반가운 마음으로 레안드로스를 기다리고 있었다. 그러나 소작농들은 불에 탈 장작더미나 쓰레기더미가 될지도 모를 것에 돈을 지불하는 이 낙타를 모는 미친 사람에게 크게 놀라고 있었다. 두 친구는 함께 저녁을 먹고 밤새 깊게 잠에 들었다. 아침에 일어난 뒤 레안드로스는 디오미데스에게 금화 10두카트를 더 주고 다음 약속 장소를 알려주었다. 수보타의 모든 간청과 애원은 아무 소용이 없었다. 그들은 두 눈에 눈물을 머금은 채 헤어졌으며, 디오미데스는 낙타를 몰아 북쪽으로 더 멀리 피난했다. 그러는 동안 레안드로스는 그해에 때 아니게 내린 피에 젖은 눈 아래 그대로 머물렀다. 그곳은 터키인들과 전염병이 있는 곳으로부터 3일 정도 걸어가야 할 만큼 떨어져 있었다. 아울러 두 개의 전선과 서로 전쟁 중인 두 개의 왕국, 그리고 그 어느 것도 그의 것이 아닌 두 개의 종교 사이로 놓인 위험지대의 중간이기도 했다.

그는 망토를 벗어던지고 들판에 홀로 남았으며, 피난민들이 이바르 계곡으로 강처럼 흘러가고, 밀레셰바, 라차, 라바니차, 데차니의 세르비아 사원이 불타는 동안 온갖 피로 물들어 수년 동안 황폐해진 땅 위에 그의 목숨을 걸고 벽돌과 시간들을 헤아려가며 작은 봉헌 교회를 짓기 시작했다. 그는 자신의 망토를 벗어던질 때, 그와 동시에 낙타에게서 배운 외견상의 평온과 가장된 느린 속도 또한 벗어던졌고 주변 상황에 대한 걱정에서 벗어나 맹렬한 속도로 일을 하기 시작했다. 그리고 그와 함께 그의 내면에 숨겨두었던, 번개처럼 빠른 솜씨를 보여줄 수 있었던 바로 그 세상을 다시 되찾게 되었다. 그 끔찍한 오흐리드의 밤 이래 처음으로 그는 다시 인간이 된 듯한 느낌이었으며 다른 사람들보다 유리한 위치에 서 있다는 느낌이 들었다. 그는 손도끼를 움켜잡고 돌을 사각형으로 다듬으면서 깨뜨리기 시작했고 자신의 할아버지가 보스니아 전역에서 정으로 비석을 만들 때 보여주었던 느리고 힘겨운 동작을 보며 어린 시절 그가 꿈꾸고 상상했던 그때의 속도로 교회를 짓기 시작했다. 이제 다시 그는 무엇인가를 건축하는 장인이 되어 있었으며 입안은 소금기 밴 땀과 먼지로 가득했고, 귀는 땀에 젖은 머리카락으로 덮였으며, 땀에 젖은 머리카락의 아래쪽에는 펄펄 끓는 두개골이 있었다. 마치 독이 있는 듯 매캐한 냄새를 풍기는 그의 타액과 그의 손 아래서 돌과 타일이 매끈하게 갈라졌고, 그가 힘을 쓰면 뜨거운 남자의 정액이 화끈거리는 열기로 넓적다리를 적시면서 옷을 파고들었다. 정오가 되면 그는 일을 멈추고 부드럽게 으깬 음식을 조금 먹은 뒤 강둑에 누웠다. 그는 자신의 긴 머리카락 가운데서 몇 가닥을 골라 그것에 낚싯바늘을 묶고 머리를 강가의 돌 쪽으로 낮춘 뒤 머리카락을 물에 담갔다. 그렇게 그는 자면서 물고기를 낚았고 그러다 일하고 지치고 배가 고파졌으며 잠을 잘 때면 물고기가 그의 꿈속으로 들어와 꿈을 휘저으며 그를 깨워주길 바랐다. 그렇게 하여 일어나면 그는 한밤중까지 교회를 지었고, 그러고는 다시 외양간올빼미가 잠을 깨울 때까지 몸을 눕혔다. 누구도 본 적이 없는 그 새의 울음소리를 들은 사람은 죽게 된다고 알려져 있었다.

사흘 째 되던 날, 사원에서 그 작은 성모마리아 봉헌 교회의 지붕을 덮게 되었으며 그때 이리네이 자홈스키는 조용히 자신의 망토를 다시 걸치고 교회의 축성 의식을 행한 뒤 문을 잠그고 북쪽으로 피난했다. 피난길은 3일 동안 계속되었으며 그렇게 피난을 가는 동안 그는 다음 건물을 짓기 위한 휴식을 취했다. 스빌랴나츠 가까이 있는 모라바 강가의 약속된 장소에 도착한 그는 그곳에서 디오미데스를 발견했으며 새로 마련한 건물터와 준비해놓은 으깬 음식, 모아놓은 건축 자재들이 그곳에 있었지만 그의 곁엔 낙타가 죽어 있었다. 그들은 낙타를 먹어치우고 말을 구한 뒤 서로를 포옹했다. 그리고 헤어질 때, 그제야 레안드로스는 친구를 오랫동안 바라보다가 그에게 최악의 얘기를 하기로 결심했다.

"이제 넌 더 이상 다른 사람들처럼 북쪽으로 달아날 필요가 없어. 너는 이제 방향을 바꾸어 동쪽으로 가야 해. 네가 건축 자재를 준비하고 터를 마련해야 할 다음 장소는 전보다 터키의 최전선에서 더욱 가까운 곳이 될 거야. 만약 네가 두렵다면 아무 부담 갖지 말고 나를 떠나도 돼. 너에게 강요할 생각은 전혀 없어. 하지만 네가 계속 나와 함께 하고 싶다면 너는 내가 말한 대로 해야 해. 그리고 다른 설명을 기대하지는 말아 줘. 우리에겐 그럴 시간이 없거든." 그는 친구에게 이렇게 말했다.

그러자 디오미데스 수보타도 처음으로 자신의 뜻을 밝히기로 결심했다. 그가 말문을 열었다. "나도 잔을 들고 있는 사람이 주기도문을 외우는 사람이고 그의 말에 귀를 기울여야 한다는 것쯤은 알고 있어. 하지만 너는 지금 옳은 길을 가고 있는 게 아니야. 지금은 말과 말이 일어나 서로 자신의 말이 옳다고 싸우고 있는데, 우리는 이런 전쟁 통에 교회를 지으려고 하고 있어. 하지만 이런 시기는 교회를 짓기에는 적절하지 못한 때야. 평화가 오기야 하겠지만 아직까지는 아무도 단 하나의 전쟁에서도 이기지 못하고 있어. 우리 같은 약소민족에게는 우리를 다스릴 수 있는 왕권이 머리 위에 있어야 하고, 그 왕권이 누구의 것인지는 중요하지 않아. 평화로운 시기의 지혜와 애국심이 전쟁 때의 애국심보다 더 중요하긴 해. 하지만 바로 어제까지만 해도, 그러니까 모든 것이 불에 타버리고 너의 피가 눈물에 뒤섞이기 전까지만 해도 너는 네가 애증을 갖고 시작한 이 일이 무엇인지도 모르고 있었어……"

레안드로스는 이렇게 답했다. "나의 친구야, 저기 저 창밖으로 나무가 한 그루 자라고 있는 게 보이지? 저 나무는 자신이 자라기 위해 평화를 기다리지는 않아. 그리고 어떤 건조물을 지을 장소와 계절을 정하고 날씨가 좋은지 나쁜지 신경을 쓰는 것은 건조물을 짓는 사람이 아니라 그 건조물의 주인이 감당해야 할 몫이야. 우리의 일은 그게 아니라 건축물을 짓는 것이야. 너에게 평화와 행복이나 한 아름의 밀, 아니면 당나귀를 따르는 당나귀 꼬리처럼 이 길에서 더 나은 삶이 너를 따를 것이라고 약속한 그 주인이 도대체 누구지?"

디오미데스는 절망적이었지만 그의 계속된 질문과 애원은 아무 소용이 없었다. 그는 레안드로스의 요구 조건에 모두 동의를 했고, 그들은 다시 만날 수 있을지도 알 수 없는 상태에서 세 번째 작별을 고하고 말았다.

레안드로스는 누구도 점령하지 못한 중간 지대의 주인 없는 땅에 그대로 남았으며, 그곳은 바람이 살을 뜯어내고 뼈다귀까지 갉아먹은 뒤 해골만 남겨둔 작은 언덕 위의 땅이었다. 그는 성모마리아에게 바칠 또 다른 교회를 지으면서 서리가 내리길 기다렸다. 서리는 디오미데스가 그에게 남겨놓은 물고기를 건조시켜 썩지 않게 해줄 것이다. 그는 정오와 자정에는 휴식을 취했으며, 그의 모든 두려움은 건물을 다 짓기도 전에 시간이 지나가버리지 않을까 하는 것이었다. 이번에는 그를 깨우는 외양간올빼미도 없었고, 그는 정오의 태양이 그를 깨워줄 것이라 생각하며 잠에 들었다. 그러나 이번에 그를 깨운 것은 태양이 아니라 그의 목 아래쪽에 와 닿은 누군가의 손가락이었으며, 그 누군가의 숨결에선 파슬리로 빚은 포도주 냄새가 났다. 레안드로스가 눈을 떴다. 그의 건조물 바로 곁에 안장을 내린 붉은 말발굽의 말이 서 있었으며 그 옆엔 거대한 암캐가 눈 위에 누워 있었다. 누군가 그 개의 이름을 불렀다. 암캐의 이름은 갈보년이라고 불리었다. 그것이 알 수 없는 목소리가 개를 부르는 방식이었고, 개는 빠르게 레안드로스에게로 다가왔다. 암캐가 레안드로스를 내려다보고 있었으며 파슬리 포도주의 악취가 풍기는 것으로 보아 개도 술에 취한 듯했다. 그리고 또 하나, 비누를 칠한 뒤 헹구지 않은 것처럼 보이는 커다란 회색 머리가 동시에 그를 내려다보고 있었다. 레안드로스는 자신의 위로 몸을 구부리고 있는 것이 이씨아라는 것을 즉각 깨달았다.

사브르를 든 자가 그에게 말했다. "이미 오래전에 너에 관해 들었다. 내가 무엇을 찾고 있었고, 왜 네가 선택되었는지를 말해 주지. 난 재미나 이익을 위해 함부로 목을 베는 사람이 아니다. 나는 터키인이나 독일인을 위해서 싸우고 있지도 않다. 나에겐 내 자신만의 목표가 있다. 너도 분명 잘려진 머리에 대해 들었을 것이다. 보통 잘려진 머리는 자루 속으로 던져져 첫 번째 술집으로 옮겨지게 되고 탁자에 올려진 뒤 멋지게 보이도록 빗질을 해주게 된다. 그리고 우리는 술을 마시게 되지. 그러나 너는 그와 같은 삶과는 다른 길을 걷게 될 것이다. 그런 경우와 달리 우리는 3일 동안 술을 마시게 될 것이고, 너는 기다리게 될 것이다. 너는 기다리고, 또 기다리게 될 것이며, 3일째 되는 날, 탁자 위에 있는 너의 머리가 드디어 비명을 지르게 될 것이다. 죽음이라는 사실을 깨닫는 데는 그 정도의 시간이 필요한 법이다. 어떤 사람은 훨씬 더 오랜 시간이 필요할 때도 있다. 더더욱 오랜 경우도 있다. 하지만 모든 머리나 모든 사브르가 그렇게 할 수 있는 것은 아니다. 나처럼 노련해야 하고, 네 것처럼 마치 사브르를 위해 만들어진 것인 양 목젖이 뚜렷하게 튀어나온 좋은 목을 골라야 한다. 너도 분명히 이런 얘기를 들었을 것이다. 또 이미 사브르를 든 자들에게 붙잡힌 적도 있었을 것이다. 그런데도 네가 여전히 살아 있다니 정말 놀랍기 짝이 없다. 두려워할 필요가 없다. 나는 도살업자가 아니다. 나는 빠르기 그지없어 사브르로 날아가는 새도 갖고 놀 수 있고, 또 사브르로 작은 벌도 자를 수 있다. 내가 그렇지 못했다면 오래전에 머리카락이 아니라 잡초가 내 몸을 뒤덮었을 것이다. 자, 그럼 이제, 내가 나중에 너의 목소리를 알아차릴 수 있도록 아무 말이나 해보거라."

하지만 바로 그 순간 레안드로스는 공포에 질려 아무 말도 할 수가 없었다. 그리고 그것이 그의 목숨을 구했다. 손가락을 들어 표시를 하는 것으로 그는 이씨아에게 자신이 말을 할 수 없다는 것을 알려주었다. 이씨아는 마치 뜨거운 물에 데인 것처럼 벌떡 몸을 일으키더니 그의 사브르를 휘둘러 레안드로스의 귀를 잘라버렸다. 하지만 레안드로스는 비명을 지를 수가 없었다. 언젠가 뛰쳐나올 순간을 위하여 비명은 그의 안에 그대로 머물러 있었다. 그는 겁에 질려 돌처럼 굳어졌다. 사브르를 든 자는 침을 뱉고 은화 한 닢을 눈 속으로 던지더니 말을 타고 떠나버렸다. 떠나면서 그는 이렇게 말했다. "이것이 너의 귀값이다. 이후로는 사람들이 너를 한쪽 귀라고 부르게 될 것이다…… 이것으로 너에게 표시가 된 셈이니 네가 만약 목소리를 되찾게 된다면 내가 너를 쉽게 알아차릴 수 있을 것이다."

할 수만 있다면 잊고 싶은 일은 부모에게 물려받은 핏줄과도 같아서 마치 사람들에게 혈통처럼 새겨진다. 핏줄과도 같아서 누구도 잊을 수 없는 그런 일을 겪은 레안드로스는 그래서인지 자신이 짓던 건조물의 바로 곁에 서 있었으면서도 더 이상 그 건조물이 무엇인지 알아보지 못했다. 그는 자신이 오랫동안 여행을 하며 떠돌았지만 사실은 지금까지 내내 자신의 영혼이 한자리에 꼼짝 않고 묶여 있었다는 것을 깨달았다. 그는 자루 속에서 마른 빵 껍질을 꺼내 호수가 있는 곳의 사원 뒤쪽에서 식초에 담갔다 다시 말렸다. 그러고는 빵 껍질을 다시 눈에 적셨으며, 그러자 한 움큼의 좋은 식초가 나오게 되었고, 그는 이것으로 손과 얼굴을 닦았다. 그는 주변을 돌아보았다. 물이 얼음 아래로 흐르고 있었으며 그는 그 소리가 나는 곳에 귀를 기울였다. 그는 그 지점으로 걸어가 얼음을 깨고 몇 마디 말을 중얼거렸다. 그러자 물소리가 그 말들을 마치 메아리처럼 하나씩 하나씩 똑같이 반복했다. 레안드로스의 얼굴에 미소가 돌았다. 그는 그리스어로 단어 하나를 말했으며 그 단어는 테오토코스였다. 그러자 물이 그 단어를 그리스어로 똑같이 반복했다. 레안드로스는 생각했다. '내가 라틴어를 알고 있다면 물에게 라틴어를 가르쳐줄 수 있을 텐데.' 물은 마치 앵무새 같았다. 물은 배움이 가능했다. 레안드로스는 그런 것이 '물의 안쪽'이라고 생각했다. 바로 그때, 날고 있는 다른 새들을 죽여 하늘에서 떨어뜨릴 정도로 지독한 냄새를 가진 새 한 마리가 머리 위로 날아갔으며, 새가 울 때 마치 푸가 악곡이 장엄하게 하늘을 뒤덮고 있는 듯했다. 이 새 때문에 레안드로스는 자신에게 닥친 저주나 악몽에서 벗어날 수 있었다. 그는 마치 지금 막 잠에서 깬 듯이 자신의 건조물을 바라보았으며 자신의 말을 완전히 되찾았고, 마치 아무 일도 없었던 것처럼 교회 짓는 일을 계속했다. 그는 새로운 교회를 완성했고 예전에 했던 것처럼 축성 의식을 마쳤다. 그 교회는 이 지역에서 '밀코의 수도원'으로 기억되었다.

이어 레안드로스는 다뉴브 강 방향으로 피난했다. 그는 스메데레보 근처의 어디쯤에서인가 그의 친구를 발견했으며, 친구는 강을 건너려고 몰려드는 피난민의 물결 속에서 탈진이 되어 어쩔 줄을 모르고 있었다. 그들은 이번에는 말을 잡아먹었다. 이어 레안드로스는 디오미데스 수보타를 위해 배 한 척을 구한 뒤, 강을 건너 그를 오스트리아 지역으로 보내며 금화 12두카트를 주고 스렘의 슬란카멘 기슭에 새로운 교회의 터를 닦으라고 지시했다. 그리고 그 자신은 다뉴브 강가에 그대로 머물렀다. 걷잡을 수 없이 밀려든 수많은 사람들이 낙원에서 발원하여 이제는 격렬해진 그 강에서 허우적대고 있는 동안 그는 그로츠카 가까운 곳의 해변 한쪽으로 멀리 떨어진 곳에서 자신의 세 번째 교회를 짓기 시작했다. 그는 라이노바츠에 성모마리아의 탄생을 기넘하여 돌로 교회를 지었다. 혼자 일하는 데다가 피로가 겹쳐 점점 더 높아진 벽 위로 돌을 올리는 일이 힘들어지고 있었다. 때때로 그는 다뉴브 강의 반대편 둑을 힐끗 쳐다보곤 했으며 그곳의 강변엔 피난민들의 배가 마치 버려진 신발처럼 널려 있었다. 일은 점점 더 느리게 진척되었으며 레안드로스는 마지막 한 방울의 힘까지 다 짜내고서야 정해진 일정보다 한참 뒤늦게 교회의 꼭대기에 마지막 돌들을 올려놓을 수 있었다. 그리고 그때 그는 같은 리듬으로 살고 있지 않는 것이 단순히 사람과 동물이라는 두 가지 부류에 국한된 문제가 아니란 것을 알게 되었다. 그자신의 두 손도 똑같은 속도로 움직이거나 반응하지 않았다. 교회 짓는 일이 마무리되어 갈 때쯤 그는 오른손의 움직임이 왼손보다 둔하다는 것을 눈치챘다. 그것은 마치 그의 몸속에 두 종류의 시간, 즉 정맥과 동맥의 시간이 있고, 그 둘이 함께 섞이는 법이 없는 것과 똑같은 일이었다. 그런데 그러다 어느 한 순간, 벽위로 올려놓은 돌의 아래쪽에 그의 왼손 약손가락이 끼어 으스러지고 말았다. 교회는 완성되었지만 레안드로스에겐 더 이상지붕 아래로 내려갈 힘이나 시간이 없었으며, 그 때문에 터키인들이 다뉴브 강에 도착했을 때 그는 지붕 위에 그대로 남게 되었다. 그는 몸을 숨기고 터키 기마병들이 어떻게 강을 건너는가를 살펴보았다. 그는 그들이 60시간 이상을 쉬지 않고 말을 타고 달린다는 사실을 알고 있었다. 적의 왕국 최전선에 도착했을 때, 그들은 많은 병사들이 잠을 자면서도 이빨로 말의 갈기를 물고 있었고, 말의 생식기를 말의 꼬리털로 묶어 자신들이 타고 있는 동물이 도중에 잠에 드는 법이 없도록 해놓고 있었다. 그는 빠른 속도로 강변에 도달한 그들이 어떻게 잠에서 깨고, 어떻게 말들에게 물을 먹이며, 피곤에 지친 그들이 어떻게 안장에 앉은 채 강물 속으로 오줌을 누는지 살펴볼 수 있었다. 그는 그들이 오줌 묻은 손으로 어떻게 그를 살해할 것인지 상상해보았다. 그는 또 다른 병사들이 말을 타고 교회로 달려와 레안드로스의 상처에서 떨어진 피를 살펴보며 이미 누군가가 그들보다 먼저 도살과 약탈을 한 것이라고 생각하는 모습을 내려다보게 되었다. 또 그들이 어떻게 교회 건물에 불을 지르는가를 지켜보아야 했다. 그는 불길이 거칠게 일어나 터키 기마병들이 열기와 연기를 피해 약간 물러나지 않을 수 없을 때까지 기다렸다가 갑자기 바람같이 달려 사브르를 든 자들을 따돌리고 문밖으로 달아났으며 곧장 다뉴브 강으로 뛰어들었다. 그는 피가 강으로 흐르지 않도록 손가락을 입속에 넣은 채 헤엄쳤다. 병사들이 그를 향해 총을 쏘았고 물결 쪽으로 총알이 날아왔으며, 그는 긴장과 통증, 공포로 인해 물속에서도 식은땀을 흘렸다. 그가 강을 건너 반대편에 도착했을 때는 밤이었지만 그의 길은 훤하게 밝혀져 있었다. 다뉴브 강의 강 건너 라이노바츠에 있는 그의 교회가 불타면서 뜨겁게 달아오른 붉은 돌들이 서서히 경사면을 타고 강물 속으로 굴러떨어지며 강변 전체를 환하게 밝히고 있었고, 강 속에서 쉬익 쉬익 소리를 내며 식고 있었다.

새로운 강변에 도달한 그는 진흙과 갈대 속에 누워 잠이 들었다. 그는 있지도 않은 귀에 귀걸이를 하고 갈대의 그림자로 작은 바구니를 짠 뒤 그것으로 새카맣게 탄 새를 잡는 꿈을 꾸었다. 그는 기독교 왕국에 뜬 구름의 그림자 아래서 잠이 깼으며, 손가락 하나와 한쪽 귀를 잃고 배까지 고팠지만 더 이상 예전처럼 숨거나 도망칠 필요는 없었다.

진흙 속에서 몸을 일으킬 때 그는 생각했다. "그래, 독일말을 하는 녀석들이 피우는 담배와 터키말을 하는 녀석들이 피우는 담배는 그 형태부터가 완전히 다른 법이지."

하루 종일 걸은 뒤, 그는 슬란카멘의 시계탑에서 들려오는 종소리를 들을 수 있었지만 그가 도시에 도착했을 때, 어디에서도 디오미데스가 보이지 않았다. 마침내 그가 사슬에 묶여 있는 그를 찾아낸 곳은 지하 감옥이었다. 예수회의 수사들이 동방 기독교의 법에 따라 디오미데스에게 교회 짓는 것을 허용치 않았기 때문에 그는 비엔나로부터 특별 승인서를 받을 때까지는 교회의 터를 파거나 자재를 사서 모을 수가 없었다. 그동안 그는 수상한 자로 여겨져 구금되어 있었고, 레안드로스는 그의 몸값을 지불하고서야 가까스로 그를 빼낼 수 있었다. 그 일을 하지 못하게 된 두 사람은 마침내 안전하게 머물 수 있게 되었지만 비참하게도 대규모로 몰려와 다뉴브 강변을 완전히 휩쓸면서 부다로 몰려가고 있는 남쪽에서 밀려든 피난민의 인파 속에서 처음으로 어떻게 할 줄을 모르고 있었다. 상황을 지켜보고 있던 레안드로스는 예수회 수사를 찾아가 자신에겐 무엇이든 건축하는 것이 중요하며, 그 밖의 것은 중요하지 않으니 어떤 종류의 의식이든 관계없이 치른 뒤 어떤 종류의 교회이든 짓게 해달라고 간청했다. 물론 그는 돈을 기부하면 곧바로 교회를 지을 수 있다는 얘기를 듣긴 했지만 그들이 말하길 그가 동방 기독교의 수사였기 때문에 먼저 원래의 믿음을 포기해야 하며, 새롭고 유일하며 진정한 종교인 가톨릭의 교황에 대한 믿음을 인정한 뒤에야 교회를 지을 수 있다고 했고, 그것은 시간이 걸리는 일이었다.

이 이야기를 듣고 나서 레안드로스는 처음으로 그들이 기다리지 않을 수 없다는 결정을 내렸다. 겨울이 계속되고 있었다. 푸른 밤하늘에서 호두만큼 큰 별들이 눈 하나 깜빡이지 않고 빛나고 있었다. 양측의 두 군대는 그들의 겨울 주둔지에서 봄과 여름을 기다렸다. 레안드로스의 귀와 손가락은 이중주의 플루트 연주처럼 두 개의 소리를 내며 치유가 되어가면서도 동시에 그를 아프게 했다. 그들은 포도주를 천둥과 번개로부터 보호해야 할 필요가 있는 시기인 7월이 왔을 때도 제대로 휴식을 취하지 못하고 있었다. 양측의 군대는 다시 서둘러 전쟁 치를 준비를 하고 있었고, 그동안 한쪽 귀와 그의 친구는 슬란카멘의 들판에 작은 텐트를 친 뒤, 수박을 구입하고 그 수박에 브랜디를 부어 맛을 냈으며 물고기를 충분히 잡아두고 때를 기다렸다. 터키와 타타르의 대규모 군단이 다뉴브 강을 건너 전례가 없는 공격을 펼치며 베오그라드를 손에 넣고 스렘으로 향했을 때 레안드로스는 예수회나 그 자신 중에서 누가 먼저 슬란카멘을 도망칠 것인지를 지켜보며 기다렸다. 그러자 라바니차 수도원의 수사들이 배를 타고 다뉴브 강을 건너 북쪽으로 도망을 치며 황제 중의 성인인 세르비아의 군주 라자르 흐레벨야노비치의 시신을 옮겨갔고, 그 뒤를 이어 쉬샤토바츠의 수사들이 폭군 스테반 스틸야노비치의 유물을 갖고 떠났지만 수사 이리네이 자훔스키와 그의 친구는 계속해서 때를 기다렸다. 그 다음엔 크루셰돌 출신의 수사들이 마지막 왕가인 브란코비체스의 유물을 갖고 다뉴브 강을 따라 부다와 비엔나로 떠났으며, 호포보 출신의 수사들이 거룩한 전사 테오도르 티론의 유물을 갖고 그 뒤를 따랐지만 레안드로스와 디오미데스는 여전히 슬란카멘의 들에 앉아 때를 기다렸다. 그리고 이어 예수회 수사들이 떠나면서 슬란카멘의 도시가 사람의 흔적 없이 텅 비어버리자 디오미데스는 마침내 자유롭게 건축 자재를 마련할 수 있게 되었다. 그렇지만 그들은 따돌렸던 터키군을 다시 눈앞에서 마주할 위기에 놓이게 되었으며, 그들에게 주어진 교회 지을 시간이 단 사나흘밖에 안 되었기 때문에 결국 그들은 슬란카멘의 들판에 성모마리아 축복 교회라 이름을 붙인 작은 교회를 짓기 시작했다. 교회의 종이 제대로 울리고 모든 것을 마무리 지었을 때 레안드로스는 그의 친구와 포옹을 나눈 뒤 친구에게 작별을 고했다. 그는 애석한 심정으로 그들이 이제 헤어져야 할 시점에 왔다는 사실을 말해주었다. 그러므로 앞으로는 레안드로스가 혼자 교회를 짓게 될 것이다. 이리네이 자홈스키는 다음 건조물은 자신이 태어난 곳에서 짓고 싶었으며, 그것은 다뉴브 강을 건너 오스트리아 군대를 통과한 뒤, 터키의 강력한 전투부대를 뚫고 후방으로 다시 잠입해야 한다는 뜻이었다. 디오미데스가 그의 친구에게 겨우 목숨을 건져 탈출한 곳으로 다시 돌아간다는 것은 미친 짓이 아니냐고 물었으며, 레안드로스는 대답 대신 다뉴브 강변의 모래 위에 글자 하나를 그려서 보여주었다.

그들이 헤어지고 난 뒤, 디오미데스는 부다로 갔으며, 그곳에서 아름다운 집을 지었다. 그 집은 오늘날까지도 그대로 남아 있다. 그동안 레안드로스는 다시 한번 다뉴브 강을 헤엄쳐 건넌 뒤, 아무도 눈치채지 못하게 터키의 후방으로 잠입했다. 그는 보스니아로 돌아갔으며, 그곳의 드레노비차에서 아기 예수 젖먹이는 성모마리아에게 바치는 성지를 만들 계획이었다. 그런데 바로 그때, 그 강력한 메흐메트 추프릴리치 사령관도 무너뜨렸던 1691년 8월 19일 슬란카멘에서의 대참패 뒤로 터키 군대는 마치 거대한 파도처럼 다뉴브 강에서 퇴각하여 남쪽으로 향했다. 그 흉포한 퇴각은 앞에 놓인 모든 것들을 반대 방향으로 밀어붙이면서 죽이고 불태웠다. 그리하여 레안드로스는 다시 한번 사브르를 든 자들 가운데 놓이게 되었으며, 다시 한번 피난과 건축, 건축과 피난을 거듭하는 상황 속에 놓이게 되었다.

강에는 일종의 '물의 글씨' 같은 것이 있다. 모든 물은 그 물만의 필체를 갖고 있다. 강은 어떤 글자를 써놓곤 하며, 아주 높이 나는 새들만 볼 수 있는 메시지를 남긴다. 레안드로스도 자신의 여행 중에 무엇인가 비슷한 것을 새겨놓았다. 그가 지나가면서 지어서 남긴 교회들은 모두 한 가지 독특한 특징을 갖고 있었다. 그 교회들은 하나의 순환 궤도로 연결되어 있었으며, 실질적으로 끝이 없을 정도로 거대한 그리스 문자 θ(세타), 다시 말하여 성모마리아의 이름에서 첫 글자를 이루게 되는 어떤 특정한 선을 따라가기만 하면 가장 쉽게 찾아낼 수 있게끔 되어 있었다. 그것은 레안드로스가 아주 어린 시절 자신의 처음이자 마지막인 글쓰기 수업에서 배웠으며, 펠라고니아의 성상(聖像)에서 알아보았던 것과 똑같은 글자였다. 그는 그렇게 지차와 모라바, 스메데레보, 슬란카멘, 드레노비차 사이로 놓인 대지에 글자를 남겼고, 자기 고국의 광활한 땅을 가로지르며 그가 배운 유일한 글자를 석공의 손도끼를 이용하여 그가 쓸 수 있는 유일한 방법으로 새겨놓았다.

2

방랑과 교회 짓는 일, 입안 가득 고이는 땀, 서로 맞서 싸우고 있는 두 개의 군대 사이에서 겪어야 하는 사브르를 든 자들에 대한 두려움, 비속어가 안 들어간 메뉴가 없었던 술집에서 귀머거리를 위한 차를 마시는 일들로 레안드로스의 인생은 채워져 있었다. 그러다 머리카락이 좀이 슬고 글자를 모르며 귀가 한쪽밖에 없고 손가락을 잃은 레안드로스는 베오그라드의 아버지에게로 돌아왔으며, 그곳이 다시 오스트리아 수비대의 손에 들어갔다는 소식을 들었다. 그는 그해의 우기에 끊임없이 달팽이들을 밟으며 걸어서 그 도시로 돌아왔다. 달팽이들은 마치 유리로 되어 있는 듯 그의 발밑에서 으깨어졌으며, 그가 가는 길에 내내 널려 있었다. 그는 스스로가 자신의 아버지를 거의 전혀 알아보지 못할 것이라고 생각하며 베오그라드로 돌아왔다.

그의 아버지는 살아 있었고 홀몸이 되어 있었으며 길을 걷다
가 누구인지는 모르겠으나 이미 오래전에 죽은 자신의 친구들을
상대로 얘기를 나누곤 했다. 아들을 보았을 때 그의 기쁨은 그냥
무덤덤한 편이었다. "너는 마치 포도주나 부하라 양탄자처럼 나
이가 들었구나. 그래서인지 세월과 함께 좋아진 것 같구나. 하지
만 학교를 다녀야 하니 너무 늙지 않도록 조심하거라."

밤이면 그의 아버지는 어부의 그물 위에 누워 생각에 잠기고
또 기억을 떠올리며 젊은 시절의 대화 속에서 언급되었던 모든
말들을 하나하나 빠짐없이 정확하게 되짚어보기 시작했다. 그는
수십 년에 걸친 자신의 인생 전체에서 있었던 그 모든 질문과 그
모든 답들을 다시 돌아보며 고칠 필요가 있는 것은 고치고 그러
면서 이렇게 삶을 고쳐 살았다면 자신의 삶이 어떻게 되었을까
하는 생각에 잠기곤 했다.

아침이면 그는 사바 강변에 닻을 내리고 있는 병원선을 찾아
가 그가 비밀로 하고 있는 일을 했다. 그는 소문자 "a"의 자리에
작은 x표를 하는 경우가 많았지만 그래도 글을 읽고 쓸 줄 알았
다. 그렇지만 레안드로스에게 읽고 쓰는 법을 가르칠 정도의 수
준은 아니었다. 그는 자신의 아들을 루지차 교회로 데려갔다. 그
곳의 사람들은 그에게 성가 부르는 법을 가르쳐주며 이렇게 말
했다. "인사를 할 때는 항상 모자를 갖추고 있을 때만 해야 한
다." 일명 이리네이 자훔스키라고 불리는 레안드로스는 자신이

교회에서 성가 부르는 법을 누구보다 잘 알고 있다는 것을 직접 보여주었지만 그의 아버지는 그가 도시를 떠나 있었던 그 오랜 세월 동안 자신의 아들이 무엇을 하며 살았는지에 대해선 전혀 관심이 없는 듯 놀라는 기색이 하나도 없었다. 간단히 말하여 아버지와 아들은 서로에 대해 전혀 아는 것이 없었다.

시간이 지나면서 레안드로스는 아버지가 일정한 하나의 이름을 갖고 있지 않다는 사실을 알게 되었다. 대신 아는 사람이든 모르는 사람이든 지나가는 사람이 그들의 머릿속에 가장 먼저 떠오르는 이름으로 그를 부르면 그는 그러한 이름 모두에 대해 한결같이 대답을 잊지 않았다. 레안드로스에게 그것은 아버지가 사람들이 그에게 때로는 심술궂게 지어준 독특한 호칭들 속에 묻혀 살다가 그 호칭 아래서 거의 사라지는 것처럼 보였다. 아버지는 지나가는 이 사람들을 가리키며 아들에게 이렇게 주의를 주었다. "평생 셔츠를 소매부터 벗는 사람들이 있단다. 그런 종류의 사람들을 조심하거라." 아버지는 아들에게 배의 매듭 묶는 법을 가르쳐주었으며, 붉은 고리 모양의 그물 아래서 그것을 고치며 이렇게 말했다.

"이들 매듭과 풀려 있는 매듭을 잘 보거라. 로프가 자신의 꼬리를 단단히 잡고 있으면 풀리지 않는 매듭이 되는 거란다. 네가 아무리 강하게 잡아당겨도 이런 매듭은 풀리는 법이 없다. 다른 무엇보다 그것 자체가 힘을 가하고 있기 때문이란다. 사람들과 함께 할 때도 이는 마찬가지다. 사람들의 길은 매듭으로 묶여 있어서 겉으로 보기엔 서로 평화롭게 살아가면서 침범할 수 없는 군사분계선을 그어놓고 있는 듯하지만 사실은 물 밖으로 당길 때의 그물처럼 어떤 한계점을 향하여 항상 긴장하고 있지. 왜냐하면 사람들은 그들이 하고 싶어하는 일을 하고 있는 것이 아니라 싫어도 해야만 하는 일들을 하며 살아가고 있기 때문이지.

"예를 들어, 아들아, 네 자신도 부드럽게 반죽되어 있는 것이 아니란다. 너는 강한 피를 갖고 있으며 바위도 들어 올릴 수 있단다. 하지만 그것으로는 충분하지가 않단다. 너와 너의 세대는 왕국을 위해 살아갈 운명이 아니라 굴종과 힘겨운 노동이 너희들의 운명이란다. 그래서 너희 세대에겐 누구를 위해 힘겹게 일해야 하는가는, 그게 터키인이든 독일인이든 아무 차이가 없이 똑같이 되어버렸단다. 너는 심지어 네가 하고 싶다는 이유로 노래를 부를 수도 없단다. 그건 바로 누군가가 네 마음을 작은 파이프 오르간처럼 지배하면서 노래를 부르도록 시키고 있기 때문이란다……"

그와 같은 운명을 믿지 않으면서도 자신의 아버지가 베오그라드로 돌아오기 전 오랫동안 그에게 무슨 일이 일어났는가에 대해 전혀 관심이 없다는 점에 놀라고 있었던 레안드로스는 자신의 석공일로 돌아가기 시작했다. 우선은 그것이 그만의 즐거움이었다. 그가 새로운 마을이 어떻게 확대되어 가는가를 살펴보러 가는 시간이 점점 더 늘어나고 있었다. 마을은 마치 물에서 올라오듯 휙휙 솟고 있었고, 레안드로스가 마음속에서 만들고 눈으로 그림을 그리기만 하면 그대로 솟아오르는 듯했다.

그는 대개 요새 안의 언덕 꼭대기에 앉아 어떤 새의 날개에 시선을 얹어놓고 쉬곤 했으며, 그러다 보면 새가 곤두박질을 치듯 아래쪽을 향하여 거꾸로 날아갔고, 그럴 때면 그는 자연스럽게 새를 따라 마치 돌로 된 지구의 이빨처럼 강을 따라 솟아오르고 있는 마을 주변으로 시선을 옮겨갔으며, 마을은 마을 내에서 새롭게 모습을 바꾸어가고 있었다. 그러므로 만약 그가 새를 타고 날았다면 눈에 띄지 않아 남겨두거나 그냥 지나칠 만한 것은 하나도 없었으며 시간이 지나면서 그는 이러한 촘촘한 비행의 그물망을 통하여 오래된 마을 전체를 구석구석 샅샅이 살펴볼 수 있게 되었다. 레안드로스는 마치 물을 들이키듯 눈을 깜박이며 새의 하강 속에서 새에게 얹혀간 자신의 시선이 닿는 모든 것을 자세하기 이를 데 없이 흡수했다. 깃털로 덮인 새의 날개를 타고 가며 그는 네보이샤 탑을 살펴보았으며 탑은 사바 강과 다뉴브 강에 동시에 비치고 있었다. 그리고 마주보고 있는 탑의 창에 시야에는 잡히지 않는 강의 반대편 하늘이 약간 비치는 것을 볼 수 있었다. 그의 시선은 베오그라드의 종탑을 지나 날아갔으며 그 탑들의 종소리는 두 왕국에서 모두 들을 수 있었다. 그리고 시선을 실은 그 새는 갑자기 불어온 난기류를 타고 베오그라드의 정복자 카를 6세가 새로 건립한 개선문을 통과한 뒤 그곳을 관통하고 있는 좁은 해협에 깜짝 놀라면서 위로 솟구쳐 올랐으며 그도 함께 위로 날아올랐다. 날개를 타고 루지차 교회까지 달려간 그는 도시의 성문에서 북 치는 사람에게 이르게 되었으며, 그 사람의 얼굴은 보이지 않았지만 그 사람의 단추가 모두 햇볕 속에서 빛날 때면 단추의 개수를 하나하나 세어볼 수 있었다. 새에 실려 가는 레안드로스의 시선은 약간 전율하면서 다시 요새의 아래쪽에 있는 사바 초원으로 급강하했으며 그 초원에는 초가지붕의 오두막 옆에 울타리가 쳐진 작은 리크[12]밭이 있었고, 돌로 된 요새의 계단 옆에서 젖소들이 울타리를 부수고 들어가 채소를 뜯어먹고 있었기 때문에 다음 날 젖소들의 우유에서 양파 냄새가 날 것이 분명했다. 그리고 다시 그의 눈에 푸른 사바 강물의 일부와 잘 지어진 새로운 집들이 줄을 지어 늘어서 있는 것이 보였고, 이들 집의 문간에는 사람들이 아래쪽의 낫 위에 놓인 신발을 깨끗이 닦을 때 손으로 붙잡고 있는 사과 모양의 황동 손잡이들이 있었다. 이어 그는 갑자기 판체보 쪽으로 방향을 틀었고 그곳에선 풀의 맛이 써서 소들이 피해가는 장소를 살펴볼 수 있었다. 이곳에선 누구나 바람이 어떻게 다뉴브 강의 물을 대형을 이루어 행군하고 있는 군인들의 무리 쪽으로 다시 실어나르고 있는지 살펴볼 수 있었으며, 그 때문에 그들의 총검은 마치 물에 젖은 듯 번들거리고 있었다. 군인들의 위쪽으로는 오스트리아인과 세르비아인들이 빠른 속도로 요새화했던 도시가 자

---

12) 큰 부추같이 생긴 채소.

리 잡고 있었으며, 도시는 온갖 시계들로 가득 차 있었고, 시계들은 1년의 세월이 가진 날들만큼이나 많은 창을 가진 통치자의 관저 위에서 서로를 향해 소리치고 있었다. 상점들은 새로웠고, 상점의 안은 물건들로 가득 채워져 있었으며, 교회들은 세 가지 종류와 세 가지 믿음의 십자가를 갖고 있었다. 또 담으로 잘 둘러싸인 정원들이 사바 강 양쪽의 강둑에서 갈색의 작은 새, 바로 나이팅게일을 유혹하고 있었으며, 정원 옆을 지나가던 마차가 겨우 두세 개의 거리를 뒤덮고 있던 폭우 속으로 들어가고 있었다. 다시 그의 눈 속에 약간의 구름과 약간의 갈대들이 비쳤고, 또 사바 강을 따라 서서히 움직이던 안개가 더 깊고 빠르게 움직이는 다뉴브 강의 안개 속으로 흘러가고 있는 풍경이 보였다. 반대편에선 숲속에서 비스듬히 기울어져 있는 햇볕을 볼 수 있었고 레안드로스는 연기가 피어오르고 있는 그 숲속 덤불의 뜨겁고도 차디찬 향기를 느낄 수 있었다. 도시가 다시 그의 시야에 들어왔다. 그는 라구자[13]의 교회를 마무리하고 있는 석공들을 볼 수 있었으며 목수가 손도끼를 움직여 나무를 내려치고 있었지만 나무를 찍는 소리는 손도끼가 다시 뒤로 튀어나올 때쯤에야 들렸기 때문에 새는 손도끼가 낸 소리와 그 소리를 만들어낸 도끼날의 사이로 날아갈 수 있었다. 이어 레안드로스는 바람이 어떻게 새를 화나게 하여 정해진 경로를 벗어나게 하는지, 또 마

---

13) 두브로브니크의 이탈리아식 명칭.

치 종에서 금속 막대가 떨어져 나간 것처럼 흔들리고 있는데도 새가 나중에 들리는 종의 아래쪽으로 어떻게 날아가는지도 알게 되었다. 그는 그 종소리가 어떻게 떨리면서 새와 함께 강을 건너는지, 또 그 소리가 어떻게 오스트리아 기병대의 말들에게 다가가 그 말들이 사바 강 반대편 목초지에서 귀를 쫑긋 세우게 되는지 알게 되었다. 그리고 이어 그는 종이 울리는 소리를 따라가며 어떻게 종소리가 제문[14]과 양치기의 무리를 향하여 구름의 그림자처럼 퍼져나가며 여행을 하는지 알 수 있었고, 아울러 강의 한쪽에서 그 소리가 이미 침묵으로 가라앉고 있는데도 어떻게 그 소리를 듣고 양치기들이 그들의 작은 머리를 베오그라드 쪽으로 돌리는지 알게 되었다. 그리고 이어 그 새가 허공에 선이라도 긋듯 하늘로 날카롭게 비행하는 것이 보였으며, 그러면 이 세상이 마치 그물 속에 걸려든 듯 레안드로스의 시선에 잡혔다. 그것은 곧 베오그라드를 함락시키려면 베오그라드로 쳐들어오는 터키의 기마병과 참수형 집행자들이 성문 하나를 여는 것으로 충분하다는 소리였다. 그렇게 되면 그들 세계의 외곽에서 침략자들에게 저항할 수 있게 해주었던 강들의 위쪽에 자리한 이 보물 같은 세상의 도시 전체가 전혀 손쓸 틈 없이 그 즉각 먼지와 연기로 뒤바뀌게 된다는 얘기이기도 했다. 레안드로스는 자신이 이

---

14) 베오그라드.

도시를 마지막으로 찬찬히 살펴보고 있는 것이며, 이 도시가 단 몇 년 뒤 흔적도 없이 영원히 사라질 것이란 사실을 모르고 있었고, 심지어 그 사실을 꿈에도 상상하지 못했다.

같은 해 10월, 레안드로스의 아버지는 그를 데리고 가더니 도시에 들어온 러시아인들을 만나게 해주었다. 레안드로스는 목이 긴 그들의 신발 속에 창을 찔러 넣고 있는 기마병을 예상했지만 그가 본 것은 군대가 아니라 세 마리의 말이 끄는 썰매와 그 썰매에서 혼자 걸어 나온 엄청나게 큰 모피 코트를 입은 한 남자였다. 그 낯선 사람은 자신의 콧구멍에 나륵꽃의 어린 가지 두 개를 꽂고 있었다. 그는 썰매에서 내려 대주교의 사무실로 곧장 걸어 들어갔다. 그의 뒤를 이어 도착한 또 다른 사람이 상자와 성상(聖像)을 갖고 왔다. 그것이 전부였다.

"저 사람이 너의 선생이란다. 그가 너에게 쓰는 법을 가르쳐 줄 것이다. 사람들이 교회에서 성가를 부를 수 있는 모든 이들을 가르쳐달라고 그에게 부탁했단다. 걱정하지 말아라. 너처럼 글을 모르고 전쟁으로 인해 오도 가도 못하게 된 사람들이 또 있단다. 그리고 그 사람들도 그 선생보다 크게 어리진 않단다. 하지만 명심해야 한다. 글을 읽을 줄 아는 사람은 책을 보고, 배운 사람은 지혜 있는 사람을 보고, 지혜 있는 사람은 하늘이나 여자를 보는 법이다. 물론 마지막 것은 글을 모르는 사람들도 할 수가 있긴 하지만……" 아버지가 그에게 한 말이었다.

그렇게 하여 레안드로스는 읽는 법과 계산법을 배우기 시작했으며, 라틴어도 조금씩 배우기 시작했다. 이 기간 동안 바로 그들이 보는 앞에서 막심 테렌트예비치 수보로프라 불리던 러시아 교사는 머리카락이 빠지고 있었다. 그의 이마는 어떤 확고한 내부의 노력에 의해 그렇게 된 듯 마치 양말처럼 구겨졌고, 그의 피부 또한 점점 얇아져 감은 눈꺼풀의 뒤로 눈동자의 푸른색이 비칠 정도였다. 수업 중에 어떤 이는 그의 뺨에 비친 붉은 혀의 움직임을 정말 확연하게 식별할 수 있었다. 또 쉬는 시간에는 귀의 아래쪽 어디 쯤에서 우크라이나의 바람으로 인하여 그렇게 되기라도 하는 듯 그 러시아인의 입속에서 분노로 날뛰는 혀를 볼 수 있었다.

"이곳의 우리 모두는 커다란 망치와 모루의 사이에 놓여 있는 신세인 데다가 후추빵의 반죽과 같은 신세이기도 하죠." 그는 자신의 학생들에게 이해할 수 없는 어중간한 세르비아어로 말하는 버릇이 있었으며, 사람들은 그런 말을 가리켜 황제의 어투라고 했다. 그 외국인은 오직 학생들에게 라틴어를 가르칠 때만 두려움에서 풀려날 수 있었다. 그는 데모스테네스와 키케로 연설의 예문을 통하여 개발한 오랫동안 기억하는 기술, 즉 암기법을 학생들에게 열심히 가르쳤으며, 학생들을 가르칠 때면 학생들이 몰래 읽어보았던 『헤레니우스를 위하여(Ad Herennium)』라는 제목이 적혀 있는 커다란 노트를 이용했다. 이 러시아인 교사에 따르면 어떤 문장을 잘 기억하기 위해선 우리들이 자주 지나다녀서 아주 익숙한 건물의 외형에 대한 기억을 불러내야 한다고 했다. 그 다음엔 계속하여 그 건물의 모든 창과 문을 열고 각각의 작고 큰 구멍이나 천장의 채광창으로 들어간다고 상상하면서 키케로의 긴 연설문 가운데 하나를 말해야 한다. 이렇게 하면 마음의 눈으로 건물을 돌아보고 그 각각의 창이나 문을 통과하면서 연설문의 일부를 말할 수 있게 될 즈음에는 연설문이 머릿속에 기억되어 큰 어려움 없이 연설문을 되풀이할 수 있게 된다. 이런 식으로 베오그라드의 세르비아어—라틴어 학교에선 학생들이 키케로의 연설 『카틸리나 반박문(In Catilinam)』 전체를 모두 외우게 되었으며, 그러자 이 러시아인은 아름다운 그리스 이야기의 라틴어 번역본을 학생들에게 가져와선 이와 똑같은 방법으로 이를 외우게 했다. 그리스 이야기는 시로 이루어져 있었다. 아마도 기독교인이라 여겨지는 문법학자 무사에우스가 천년도 훨씬 더 전에 쓴 것이었으며, 『헤로와 레안드로스의 사랑과 죽음(The Love and Death of Hero and Leander)』이라 불리고 있었다. 러시아인은 이 시적인 이야기가 그리스어로 쓰였으며, 라틴어 번역본은 1494년 베니스에서 출판되었다고 설명했다. 유명한 석공의 자손이며 이미 귀가 없고 상당히 나이를 먹은 라다차 취호리치는 마침내 무사에우스의 시적 이야기 속에 등장하는 레안드로스로부터 여섯 번째 새로운 이름을 얻게 되었다. 그 사연은 다음과 같다.

러시아인은 학생들의 이름을 기억하지 못했다. 그는 특히 가장 나이가 많은 학생인 라다차 취호리치의 이름이 발음하기 어렵다고 느끼고 있었다. 한번은 그가 헤로와 레안드로스의 두 연인 사이에 가로놓인 장애물이 무엇인가를 물은 적이 있었다(레안드로스는 매일 밤 불타는 횃불의 빛을 바라보며 폭풍이 치는 바다의 파도를 뚫고 헤로의 탑까지 헤엄을 쳤다). 그리고 그 선생이 이름을 제대로 발음할 수가 없었던 가장 나이 많은 학생은 예상치 못한 대답을 내놓았다. 콘스탄티노플의 상인으로 여행을 하던 중, 라다차는 헬레스폰트로 갔던 길에 세스토스를 지나친 적이 있었으며 그곳에서 출신 나라가 그와 같았던 산티르 연주자들은 헤로와 레안드로스에 관한 그리스 노래를 배운 적이 있었다. 어떤 사람은 노래에 대한 사례로 동전 대신 헤로의 모습이 새겨진 작은 장신구를 그의 악기에 던져주기도 했다. 그는 유럽이 물뿐만 아니라 바람, 그러니까 시간에 의해서도 아시아로부터 갈라져 있다는 것을 알게 되었다. 그래서 그는 아마도 헤로를 레안드로스로부터 갈라놓은 것은 바다의 물과 파도가 아니라 무엇인가 다른 것일지 모르며 그들이 서로에게 닿으려면 그것을 이겨낼 수 있어야 할 것이라고 말했다. 그 말을 할 때 그는 오흐리드 호수의 배 안에서 그가 닿을 수 없었던 그 소녀를 생각하고 있었다.

"세계를 구성하는 네 가지 요소 중 하나인 물 이외에 다른 무엇이 그들 사이를 가로막고 있을 수 있다는 말인가?" 크게 놀란 러시아인이 되묻자 가장 나이 많은 학생이 조용히 답했다. "아마도 헤로를 레안드로스부터 갈라놓은 것은 바다의 물결이 아니라 시간의 물결이었을 거예요. 아마도 레안드로스는 물을 뚫고 헤엄친 것이 아니라 시간을 뚫고 헤엄치고 있었을 겁니다."

이러한 대답은 그의 반에 폭소를 불러일으켰으며, 라다차 취호리치는 그 이후 레안드로스라는 이름으로 남게 되었다. 러시아인 역시 그 이름으로 그를 불렀다. 그 학생은 그 일에 대해 화를 내지 않았다. 그는 헤로와 레안드로스의 시적인 이야기를 암송하고 있었다. 그는 뒤쪽으로 작은 창을 갖추고 있는 웅장한 왕궁의 창을 통해 밤이면 키케로의 연설문이 아니라 그가 가장 사랑하는 시에서 뽑아낸 독특한 시구절을 암송했으며, 그 왕궁에는 이미 글의 영감을 불러일으키는 아름다운 교회들이 갖추어져 있었다. 암송은 그리스어와 라틴어, 둘 모두로 이루어졌다.

그 당시 학생들은 베오그라드에 건설된 도시의 왕궁을 돌아보며 그 건물들을 자세히 살펴보기 시작했으며 그것이 특별한 즐거움이었다. 왕궁은 50개 이상의 방을 품고 있었다.

이 건축물에서 여러 날 또는 여러 주 동안 학교로 가는 길의 매일 아침과 잠자리에 들기 전 머릿속에서 왕궁을 돌아보는 매일 저녁, 레안드로스와 같은 반 학생들은 그들이 수업 시간에 배운 문장을 열쇠 구멍과 교회 사무실, 서재, 식당, 성가대 자리 쪽으로 집어넣으며 암송했다. 별도로 마련된 두 개의 자물쇠, 다시 말하여 외부에서 잠글 수 있는 자물쇠와 안에서 잠글 수 있는 또 다른 자물쇠를 갖추고 있는 도서관이나 대주교의 침실은 서쪽으로 향하고 있고, 시종과 손님들의 침실은 동쪽으로 향하고 있는 (이렇게 하면 아침에 젊은 사람이 나이 든 사람들보다 먼저 눈을 뜰 수 있다) 이 대도시의 여러 방들을 돌아보면서 소년들은 다음과 같은 문장을 암송했다. "우리는 세상의 어디에 있는가? 우리가 살고 있는 이 도시는 어디인가? 여기에 모인 우리들 중에 모두의 몰락과 이 도시의 파멸을 생각하고 있는 원로들이 있지……" 그리고 그렇게 하면 그 말은 어느 사이엔가 천천히 그의 기억 속에 새겨졌다. "…… Quid enim mali aut sceleri fingi aut cogitari potest, quod non ille conceperit?(악이나 범죄치고, 저자가 생각해내지 않은 무엇을 상상하거나 생각할 수 있는가?) 그들은 물려받은 유산은 모두 탕진하고, 소유물은 빚의 늪에 빠뜨리고, 돈은 오래전에 모두 잃고, 좀 더 근래에는 그들의 신뢰마저 잃어버렸지만 그럼에도 불구하고 부유하게 살던 시절에 그들이 가졌던 욕망은 하나도 버리지 못하고 있다……"

그 건축물은 아직 완성되지 않았으며, 왕궁은 한 동 한 동 건물을 채워가고 있었다. 비늘처럼 연이어진 수많은 방들의 저 깊숙한 곳과 서로 연결된 둥근 아치 모양의 높은 복도에는 반짝이는 가구들이 놓여 있었고 그 때문에 그곳에선 벽난로, 꽃이 그려진 도자기로 된 화로, 벨벳과 양단의 직물, 체코의 카를로비 바리, 오스트리아의 빈, 영국에서 만들어진 도자기, 라이프치히에서 만들어진 칼붙이, 체코산 수정으로 만든 유리그릇, 베니스에서 만든 스테인드글라스와 촛대, 거울들, 음악이 나오는 시계, 남자용 비단 양말이 가득 찬 상자를 볼 수 있었다. "가라, 가서 이 두려움으로부터 나를 구하라. 만약 이것이 진짜라면 더 이상 나를 괴롭히지 못하게 하고, 이것이 가짜라면 마침내 나는 두려움을 멈추게 될 것이다." 학생들은 마치 기도문처럼 이러한 라틴어 구절을 암송했다. 그들의 선생인 그 러시아인이 베오그라드 근처에서 그들이 보아왔던 버려져 있는 나무들이 제멋대로 자라고 있는 그런 수도원처럼 막 내면이 무너진 것처럼 보였을 때에 이르자 그들의 수업도 마무리되었다. 암송 구절에서와 같은 일이 실제로 일어나 그 러시아인 선생이 다시 스렘으로 돌아가자 레안드로스는 하급 장교 양성을 위한 오스트리아 공병 학교에서 학업을 계속했다.

그리고 그 학교를 졸업할 무렵, 도시에선 사바 강 성문이 있는 곳에 1690년에 파괴된 옛것을 대신하여 새로운 두 개의 탑이 세워질 것이라는 얘기가 나돌았다. 그 건축물 중 하나인 북쪽의 탑은 경험 많은 건축공인 산달 크라시미리치가 맡았고, 그는 이미 기초공사를 마무리해놓고 있었다. 남쪽의 다른 탑은 일이 그렇게 수월하게 진행되지 못하고 있었다. 그 당시 베오그라드에서 건축일을 하고 있던 산달의 동료들이 모두 그 일을 거절했으며, 이유는 탑을 습지대에 세워야 했기 때문이었다.

"물을 얻으려면 그 전에 먼저 우물을 파야 한다." 그들의 말이었다. 그리고 그곳에서의 작업은 그런 단순한 이유로 전혀 시작되지 않고 있었다. 일이 오랫동안 지연되고 있는 상황에서 어느 날 아침, 모든 사람들을 놀라게 한 엄청난 소식이 전해졌다.

그날 새벽, 레안드로스는 바깥에서 집으로 스며든 사람의 코를 찌르는 냄새에 그만 잠에서 깨고 말았다. 아버지가 오줌을 싼 것이었다. 그의 오줌은 항상 사향노루나 백합의 정원, 백단유의 것과 같은 강한 냄새를 풍겼다. 그리고 이러한 지독한 냄새는 이웃의 가정과 아이들까지 잠에서 깨우곤 했다.

"쥐호리치가 또다시 지혜로운 공격을 시작하셨군." 그때면 사람들은 이렇게 말하곤 했다. 사실 인생의 늘그막에 들어와 레안드로스의 아버지는 오줌을 쌀 때만 지혜로웠다.

그날 아침, 아버지는 액체 형태의 백단유 냄새를 풍기며 자신의 아들을 꾸짖었다. "어설픈 용맹에 늙은 거지 같으니라고! 집에 좀 지긋이 파묻혀 지내는 건 단 사흘도 못할 녀석 같으니라고! 도대체 어디로 가서 어디를 헤매고 다니는지 감쪽같이 속였더구나! 이것은 그대로 내버려두고, 그렇다고 저것도 이루지 못하면서……"

그렇게 하여 레안드로스는 아버지가 그 사실을 알고 있다는 것을 알게 되었다. 그리고 그것은 마을 전체가 그 소식을 알고 있다는 것을 뜻했다. 사실 레안드로스는 남쪽의 탑을 짓는 일에 동의를 한 상황이었다. 이는 그가 그 유명한 산달 크라시미리치의 맞수가 되었다는 것을 뜻하는 것이었다. 크라시미리치는 새들이 그를 위해 사바 강과 다뉴브 강에서 물고기를 찾아내 그물로 몰아주고, 말들이 그의 이름을 세 가지 언어로 힝힝거리며 울 정도로 영향력이 큰 사람이었다.

산달 크라시미리치는 레안드로스보다 훨씬 더 나이를 많이 먹어 나이로 보면 그는 그의 아버지뻘이었다. 그리고 사회적 지

위로 보면 레안드로스는 그의 하인 정도에 불과했다. 크라시미리치는 1717년 가죽 투구를 쓰고 오스트리아 군대와 함께 베오그라드로 들어왔으며, 가죽 투구를 자신의 수염에 묶어놓았기 때문에 투구를 벗어야 하는 순간이 되었을 때 수염을 자르지 않을 수 없었다. 마침내 투구를 벗었을 때, 그는 자신이 완전히 백발이 되었다는 것을 알게 되었다. 그는 전쟁 중에는 오스트리아 군대의 공병대에 배속되어 있었으며, 공병대는 배를 이용하여 그 위에 다리를 놓았다. 그는 도시에선 스위스 용병 니콜라스 독사트의 계획에 따라 파괴된 성벽과 탑을 건설하는 일에 합류하곤 했다. 그는 군사작전 중에 배운 것 이외에는 다른 훈련을 받은 적이 없었지만 심지어 평화로울 때에도 군대의 신임을 그대로 유지하고 있었으며, 덕분에 도시의 여러 작은 화약고와 창고를 짓는 일이 그에게 맡겨졌다. 이러한 건축일은 일하는 사람들이 밥그릇을 비우는 것보다 더 빨리 밥그릇에 빗물이 채워지는 가을에 이루어졌지만 산달은 그 일들을 정확히 완료했다. 전쟁 뒤 점점 확장되어가고 있던 도시에선 그의 기술이 더더욱 필요해지기 시작했고, 그와 그의 조수들은 마치 달들의 이름 끝으로 멀리 떨어져 있는 글자 'r'[15]이라도 되는 듯, 집 근처에서 점점 더 먼 곳으로 일을 하러 다니게 되었다.

---

15) 영어에서 달의 이름 가운데 September, October, November, December와 같은 달의 이름은 r이 달의 이름 맨 끝으로 떨어져 있다.

"그 이름에 뼈가 없는 달[16]엔 내가 집에 있는 것을 기대하지 마시오." 크라시미리치는 자신의 아내에게 이렇게 말했으며 달의 이름에서 글자 'r'이 없는 달, 바로 뼈가 없는 달이면 산달과 그의 조수들은 가족을 떠나 첫 호우가 내릴 때까지는 그 모습을 볼 수가 없었고, 그러다 9월에 이르면 그들은 마법 같은 글자 'r'과 함께 다시 한 해의 끝까지 휴식을 취하곤 했다.

산달 크라시미리치는 그가 과거에 배웠던 방식으로 그에게 익숙해져 있는 사람들과 함께 탑을 짓기 시작했다. 그는 빵에 금화를 집어넣고, 그것을 다뉴브 강의 물속으로 던지고 난 뒤 일을 시작했다. 도시의 부호들이 그를 알고 있었으며 그들이 그에게 수많은 양동이에 소금을 담고 또 수많은 구리솥에 포도주를 담아 아낌없이 내주었기 때문에 탑 지을 돈은 지속적으로 제공되었다. 하지만 레안드로스는 습지에 자갈과 모래를 뿌리는 것으로 일을 시작해야 했다. 다시 말하여 그는 '몇 방울의 우유'를 받으면서 탑을 짓고 있었고 사람들은 그를 중요하게 여기지 않았다. 산달 크라시미리치를 알고 있는 급여 담당자들은 그 젊은 사람을 피했다. 그는 자신만의 길을 잃고 이제는 다른 사람의 길에 끼어든 사람이었고, 전쟁 중에 피를 뿌려본 적이 없고, 고국의

---

16) 이 소설 속에선 알파벳 r이 뼈라는 말과 혼용되어 사용되고 있다. 따라서 뼈가 없는 달이란 달의 이름에 글자 r이 들어가 있지 않은 달을 말한다. May, June, July, August가 그에 해당된다.

땅이 그에게 피를 돌려준 적도 없는 사람이었지만 그런 그가 산달 크라시미리치도 결코 달성할 수 없을 것으로 여겨지는 일을 맡아서 하고 있었다. 그것은 달리 말하자면 레안드로스가 처음부터 자신의 방식으로 건축을 시작하여 완전히 그의 뜻대로 진행해나가고 있었다는 뜻이었다.

두 개의 탑이 각각의 첫 층을 드러냈을 때, 그 주변으로 사람들이 모여든 곳은 산달의 탑이 서 있는 곳이었으며 그것은 의심할 수 없는 일이었다. 아침 식사의 기름기가 턱에 남아 있는 상태로 커피를 마시고 잠에서 깨어 기운을 차리고 있던 그의 동료들과 오스트리아의 작업자들은 새로운 건조물 주위로 모여들어 비계(飛階)로 가려진 건조물에 감탄을 금치 못하고 있었다.

"지금까지 이런 아름다움으로 우리의 눈을 채워본 적이 없었고 또 우리의 마음을 이렇게 흔들어놓은 것도 없었다. 산달이 해낸 것을 보라! 이것은 기적이다." 사람들이 마치 식빵의 아래쪽 부분만큼이나 장밋빛을 띤 돌을 손으로 만져보며 그렇게 말했다. 그들은 뒷목을 잡고 머리를 젖혀 미래의 탑이 얼마나 솟을 것인지 가늠해보며 그 건축가에 대한 찬사를 아끼지 않았다.

이 시기 동안 레안드로스는 공사의 중간쯤에 이르렀을 때 배한 척을 자신의 습지로 끌고 왔으며, 거의 건조한 상태인 그 배에서 먹고 잠을 잤지만 대부분의 시간에 자신의 도면과 수치, 자를 그의 팔 위에 펼쳐놓고 눈을 떼지 않고 있었으며, 심지어 비계(飛階)가 건조물의 안쪽에 설치되어 있는 경우조차도 항상 이들을 갖고 다녔기 때문에 바깥에선 누구도 그의 작업 상황을 살펴볼 수가 없었다. 밤이면 그는 배의 한쪽 끝에 램프를 켜 불을 밝혔으며 그 빛을 이용하여 자신의 내면에서 탑을 쌓아올렸고 그때면 그는 마치 강이 아니라 어둠 속을 헤쳐 어디론가 항해하고 있는 것 같았다. 강에서는 크고 깊은 포효 소리가 들렸다. 마찬가지로 구름으로 덮인 보이지 않는 위쪽에서도 바람이나 초승달의 뿔피리에 찢긴 포효 소리가 크고 깊게 들려오곤 했다. 그는 어느 배의 자궁 속에 몸을 싣고 한 번도 가본 적이 없는 어느 항구에 평생 정박하고 있는 듯한 느낌이었으며, 그곳을 빠져나갈 수 있는 유일한 방법은 배에 난 단 하나의 둥근 창을 통하여 곧장 죽음으로 향하는 수밖에 없는 듯 느껴졌다. 그러다 갑자기 이 배가 알 수 없는 어느 곳의 물 위에서 움직이기 시작하여 똑같이 보이지는 않지만 폭풍우가 일고 있는 망망대해로 항해를 시작했다.

그 나름의 방식으로 다른 사람들의 꿈만 살펴보며 한 치의 오차도 없이 어둠을 뚫고 항해를 해야 하는 것이 그의 상황이었다. 그런 마음가짐으로 양초의 불빛을 이용하여 수치 계산을 하다보면 레안드로스는 어둠 속에서 자신의 탑을 완전히 이해하려고 애쓰고 있는 듯한 그런 느낌이 들곤 했다. 계산을 하는 과정에서 그는 기하학적 형체들은 하늘과 땅에서 모두 동일한 값을 갖게 되지만 그것의 형태는 달리 보일 수 있다는 결론에 이르렀다. 숫자들의 경우에는 그렇지 않았다. 숫자들의 의미는 가변적이었으며 레안드로스는 건축물에선 어느 순간의 값뿐만이 아니라 그

값의 근원을 고려해야 한다는 사실을 깨달았다. 돈과 마찬가지로 수치는 상황이 달라지면 다르게 평가되기 때문에 그는 수치의 값은 일정한 것이 아니라는 결론에 도달했다. 한순간 그가 흔들리는 듯 보이기도 했지만 그는 잠을 잘 때면 색이 변하는 푸른 눈의 그 러시아인이 그에게 가르쳐준 계산 기술 전체를 거의 포기해버렸다. 그리고 어느 한순간, 그에겐 산달 크라시미리치가 그보다 좀 더 건축이라는 목적에 맞게 수치를 사용하고 있으며 그의 맞수가 교육을 받은 스위스 학교가 그 자신이 다닌 비잔틴 학교보다 우위에 있다는 느낌이 들었다. 사실 어느 날 아침, 몇 명의 일하는 사람들이 사바 강변에서 달려오더니 산달 크라시미리치에게 그의 탑이 성벽 위로 솟아올라 벌써 물에 비치기 시작했다고 알려주었다! 그 소식은 곧바로 온 도시로 퍼져나갔다. 대규모의 축제가 계획되었고, 최선을 다했는데도 뒤로 밀리고 있다는 느낌을 받은 레안드로스는 몰래 노새 모는 사람에게 부탁하여 그 자신이 짓고 있는 남쪽 탑 역시 사바 강에 비치는지 가서 알아보라고 시켰다. 노새 모는 사람은 레안드로스의 남쪽 탑도 이미 오래전부터 보이고 있었으므로 그것을 알아보기 위해 강으로 내려갈 이유가 전혀 없다고 딱 잘라 말했다. 그리고 이때쯤, 레안드로스는 작업 감독관과 일하는 사람들이 점점 더 필요했는데 그가 고용했던 동료들과 학교 친구들이 하나둘 공사장을 떠나고 있다는 사실을 깨닫게 되었다.

산달의 친구들 중에는 산달과 함께 같은 시기에 같은 방법으로 베오그라드에 온 시시만 가크라는 사람이 있었다. 그는 건축과 별에 정통한 사람이었지만 더 이상 건축일은 하지 않고 있었다. 그는 일은 일하는 사람의 능력을 반영할 수 있어야 하며, 그 균형을 이루지 못한다면 일을 시작할 가치조차 없다고 믿고 있었다. 그래서인지 그는 입속에 밤이라도 삼킨 듯 늘 잠에 빠져 있었고, 오스트리아 군대의 화약고에 인접해 있는 거대한 집을 차지한 채 살고 있었다. 그 장소는 버려져 있는 곳이었으며, 그 장소에서 난 불이 화약고로 옮겨붙을 수는 없었지만 그 반대로 화약고에서 난 불은 필연적으로 그 집으로 옮겨붙을 수밖에 없기 때문에 매우 위험한 곳이었다. 그 누구의 방해도 받지 않으면서 가크는 그 집에 자신의 책과 각종 기구, 쌍안경, 가죽 지구본을 늘어놓고 (사람들이 생각하기에) 게으르게 시간을 보내면서 하늘에서 쏟아질 황금의 비와 여자의 별들을 찾고 있었다.

"심지어 새도 추락을 하는데 그 사람이라고 추락하지 말라는 법이 있는가." 그것이 그 사람에 대한 세상의 평가였다. 그리고 악의적인 사람들은 그가 사실은 그의 폭넓은 지식을 이곳에서 저곳으로 고스란히 옮겨갈 수 있는 능력이 없었다고 덧붙였다. 다른 곳으로 옮겨가면 그 과정에서 그의 지식이 얼음처럼 녹아 없어지며 그 때문에 화약고 바깥의 새로운 장소 어디에서나 무기력하고 존재감이 없는 사람으로 남게 되었고, 그러다 보니 그의 솜씨와 기술이 만족스럽지 못하다고 여겨져 믿을 수 없는 상황이 되어버렸으며, 이름과 숫자에 대한 그의 기억력 또한 기대에 못 미쳤고, 또 그가 마치 옮겨 심은 나무처럼 행동했기 때문에 더는 그를 중요하게 여길 수 없게 되었다는 것이다. 어느 날 저녁때쯤, 공사장에 아무도 남아 있지 않을 무렵, 얘기를 나눌 때 바라보는 시선이 눈에 띄게 나이 들어 보이고 머리에 항상 파리가 앉아 있던 이 사람이 예기치 않게 잠깐 들러 레안드로스의 탑을 돌아보았다. 그는 돌을 핥아보고 손가락으로 회반죽의 상태를 알아보았으며 풀을 한 무더기 잿물에 넣더니 냄새를 맡아보고 손가락 세 개를 한쪽 구석으로 가져가더니 허공에서 무엇인가를 측정하기도 했다. 그러더니 마침내 레안드로스에게 말을 건넸다.

"베개 대신에 귀를 베고 자고, 엄청나게 기술이 좋은데다 엄청난 지식을 가졌군." 그의 말이었다. "당신이 어디에서 언제 그토록 많은 것을 배웠는지는 모르지만 조심하게나! 아침은 어디서 끝날지 모르는 것이라네. 도랑에서 끝날지, 다락에서 끝날지 아무도 모르지. 비계(飛階)를 안쪽으로 걸어놓은 것은 정말 잘한 일이야. 우리 주변의 이곳 사람들이 자네가 산달보다 더 빠르고 훌륭하게 건축하고 있다는 것을 살펴본다는 것이 쉽지 않으니 말이야. 그건 가능한 한 오랫동안 숨겨두어야 하네……"

사람들에게 자신의 낮을 어두운 밤 속에 씨앗처럼 뿌리고 있다고 알려진 가크는 그렇게 말했다. 떠나려던 그가 다시 몸을 돌리더니 이렇게 말했다. "조언 좀 해줄까? 선의의 충고 말일세. 내 충고는 이걸세. 이번 탑을 완성하고 나면 다시는 무엇이든 건축하는 일은 하지 말게나. 그렇게 하면 훨씬 더 행복해질 거야. 어쨌거나 자네는 보여주어야 할 모든 것을 이미 다 보여주었네. 더이상 무엇인가를 건축하는 일은 하지 말게나!"

그는 그렇게 떠났고 레안드로스는 일을 계속했다. 점점 더 외로움이 커지면서 그가 때로 친구를 찾기도 했지만 친구들은 사바 강 성문 반대쪽에서만 엄청나게 발견되었다. 산달의 탑이 성벽 위로 올라온 것을 기념하는 자리에 그가 처음 모습을 드러내자 그들은 그를 반갑게 맞아주었다. 늘 그래왔듯이 그는 남들의 비위를 철저하게 맞춰주며 사람들 속으로 합류했다. 전에는 그와 함께 일을 했지만 이제는 산달 크라시미리치에게로 건너간 몇몇 레안드로스의 동료들이 그를 탑의 주변으로 데리고 가서 탑을 보여주며 탑의 꼭대기에 자리할 그 석공의 놀라운 솜씨를 열정적으로 설명해주었다. 탑의 그 부분에선 벽의 사각형 부분이 둥글게 처리될 것이라고 했다. 산달의 탑에 대해 찬사를 마다하지 않는 사람들 가운데는 가크도 있었지만 다른 사람들과 마찬가지로 그는 레안드로스의 탑에 대해선 전혀 언급하는 일이 없었으며 레안드로스의 이름조차 입에 올리지 않았다. 마치 모든 사람들이 그의 탑에 대해선 잊어버린 것 같았다.

그곳에는 놀랄 때는 웃고, 기분 나쁠 때는 눈물을 콧속으로 모았다가 그냥 코처럼 풀어버리는 이상한 사람들이 있었다. 그곳에는 레안드로스가 저녁 무렵 들에서 돌아오는 길에 건초를 나르는 마차 속에서 매우 서둘러 함께 잔 적이 있었기 때문에 곧바로 알아볼 수 있는 여자들도 있었다(하지만 그녀들은 그를 알아보지 못했다). 그때면 그는 마차의 주인에게 돈을 주고 마차가 도시의 성문에 도달할 때까지 이 새롭게 맺어진 연인에게 30분 정도 마차의 짐이 쌓여 있는 곳에 함께 있을 수 있게 해달라고 부탁했었다. 여자들은 그를 곧 잊어버렸다. 그가 여자들의 몸속으로 들어가야 할 때면 무거운 종처럼 둔하고 느리면서 남자는 일을 사랑하고 여자는 자신의 남자를 사랑하는 것이 행복이라고 생각하는, 그런 종류의 사람이란 것을 여자들이 한눈에 알아차렸기 때문이었다. 여자들은 그러한 종류의 남자를 좋아하지 않는다. 그래서 여자들은 산달 크라시미리치와 그의 건축공들에게 가서 그들이 필요로 하는 것을 찾았다. 여자들은 자신의 몸속이 아니라 건초 위에 정액을 뿌리는 레안드로스에 대해 이렇게 말했을 것이다. "그의 아버지는 커다란 철갑상어를 잡으면 밤새 그것과 성교를 하고 다음 날까지 그것을 튀겨 먹지 않는대. 그런데 이 작자는 심지어 그런 짓도 못해."

그날 저녁 레안드로스는 산달의 탑이 이룩해낸 진척 상황에 대해 감탄을 하고 있던 또 다른 호기심 많은 사람들 중 불빛 뒤쪽에서 붉은 매듭의 그물을 어깨에 짊어지고 있는 어떤 사람을 보았다. 그는 긴 고무장화를 자랑하며 한동안 사람들 속에 섞여 있더니 레안드로스가 눈치채지 못하는 사이에 어둠 속으로 사라져버렸다.

"그가 배에 있는 사체들을 묻기 위해 떠났나보군." 누군가가 이렇게 큰소리로 말했으며, 그렇게 하여 레안드로스는 결국 수십 년이 지난 뒤에야 그의 아버지가 실제로 무슨 일을 했고, 그가 어떻게 무엇으로 양육되었는가를 알게 되었다. 그는 죽음이란 빵으로 양육된 것이었다.

마치 설명을 한마디도 못 들은 것처럼 레안드로스가 물었다. "지붕의 둥근 부분으로 연결하는 부위는 어떻게 처리하실 건가요? 아치형으로 하실 건가요, 아니면 삼각형으로 하실 건가요?"

"아치형의 도움을 받을 걸세." 누군가 답했다. "삼각형의 도움을 받을 거야." 다른 이의 생각은 그러했다. 그는 다른 대화를 나누느라 바빴지만 사람들은 마치 그 질문이 적절하지 못하다는 듯이 그냥 무시하는 듯한 미소를 보여주었을 뿐이었고 산달 쪽으로 몸을 돌렸다.

그날 저녁 자신의 탑으로 돌아온 레안드로스는 양초를 빵 속에 꽂아놓은 뒤 자신의 땋은 머리를 뱀의 또아리처럼 감아서 머리 아래쪽으로 베고 배 안에 누웠다. 그리고 그 건조물 안쪽의 창 옆으로 놓여 있는 어둠을 응시하며 그곳에 서 있는 거대한 사각형의 케이크 모양으로 생긴 탑을 상상했다. 그는 그렇게 누워서 무엇인가 일어나기를 기다렸다. 그는 무엇인가 일어나야 하며 변해야 한다고 느끼고 있었고, 또 바라고 있었다. 어디나 깊은 밤이었고 심지어 그의 귓속도 깊은 밤이었다. 어둠 속에선 아무 소리도 들리지 않았고 어둠은 귀가 먹었다. 땅의 냄새가 풍겨왔고 포도주를 마신 입에서도 냄새가 났다. 왕풍뎅이 한 마리가 그의 조끼 속으로 날아들더니 윙윙거리면서 쉽게 밖으로 빠져나오지 못하고 있었다. 레안드로스는 생각했다. "오늘 같은 밤에는 심지어 개들도 짖지를 않고 마치 우리들 위에서 반짝이는 그모든 별들로 가득 찬 셔츠를 입고 있기라도 한 듯 그냥 벼룩들만들끓을 뿐이군. 그리고 우리가 보지 못하는 무엇인가가 멀리 날아가고 있군……"

이어 그는 몸을 일으켜 촛불을 끄고 어둠 속에서 탑의 벽을 더듬었다. 그것은 그 자리에 차가운 몸으로 실제로 서 있었으며 그 자신이 존재하는 것만큼이나 분명하게 존재하고 있었다. 그리고 땅속에 묻어놓은 종이 갑자기 폭풍 속에서 웅웅하고 울리기 시작하는 것처럼 아침에, 무슨 일인가가 정말로 일어났다.

그 손님은 무엇인가에 걸려 넘어지지 않으려고 또 많은 손잡이에 헷갈리지 않으려고 주의를 하면서 재빠르고 민첩하게 자리에 앉았다. 그래서 마치 이전에 그런 일이 상당히 자주 일어나서 특이하거나 낯설게 보일 만한 일이 전혀 없는 것처럼 모든 것이 아주 자연스럽고 일상적으로 보였다. 산달 크라시미리치는 사람들의 말대로 이빨로 콧수염을 물고 있었다. 그는 레안드로스의 공사장이 아니라 그의 아버지가 거처하는 강변에 있는 작은 어부의 오두막으로 찾아왔다. 그들은 커다란 통 위에 앉아 양손을 동그랗게 모아 쥐고 있었으며, 그들의 대화는 신발의 발끝에서 시작되었다. 대화의 중간에 산달은 소매 안쪽에서 종이와 그림 뭉치를 꺼냈으며 이어 외투를 입을 때와 똑같은 방법으로 손가락을 이용하여 옷소매를 잡더니 그 소매로 종이의 먼지를 닦아내고 그것을 레안드로스에게 내밀며 이렇게 말했다. "여기 나의 계산치와 계획안이 있네. 여기에 있는 모든 것이 정확하다고는 할 수 없지만 자네라면 아주 쉽게 검토할 수 있을 것일세. 진흙 없는 우물이란 없더군. 내 부탁을 좀 들어주게. 자네의 탑이 나의 탑보다 더 먼저 완성되면 사람들 앞에서 내 체면이 말이 아니지 않겠나……"

이러한 말을 하고 난 뒤, 그 방문객은 떠나려다 말고 문에서 몸을 돌리며 아무렇지도 않게 이런 말을 덧붙였다. "그건 그렇고 내게 탑 지붕의 둥근 부분을 받쳐줄 수 있는 아치의 그림을 좀 그려주게나. 내가 너무 바빠서 그럴 시간이 없다네."

이를 통하여 레안드로스는 산달이 탑의 지지대 부분을 사각형에서 원형으로 서서히 바꾸어가는 것에 성공하지 못했다는 것을 알게 되었다.

'그래, 그래, 그 목초지에는 숨겨진 이빨이 있어.' 그는 그렇게 생각했다. 그리고 필요한 모든 것을 계산해보았지만 이미 작업이 이루어진 것들은 수정할 수가 없었다. 왜냐하면 근본적으로 탑이 다 지어졌을 때 예상되는 그와 같은 종류의 탑을 지탱하는 게 불가능한 기반 자체에 탑을 지은 것이 실수였기 때문이었다. 레안드로스는 오전에 산달을 찾아가서 도면과 수정한 것들을 전해주었으며 그가 개들을 상당히 싫어한다는 것을 개들이 눈치채지 못하기 때문에 절대 개들을 산달의 저택으로 들여놓지 않는다고 했던 사람들의 말을 떠올렸다. 레안드로스는 위를 더 올릴 수가 없으며 탑의 공사를 즉각 마쳐야 한다고 솔직하게 말해주었다. 평소와 달리 이 모든 얘기를 침착하게 듣고 있던 산달은 자신의 도면들을 챙기더니 레안드로스에게 고맙다고 말하고는 급히 떠나야 할 일이 있어 미안하다고 했다. 사실 그 일이란 그의 학생들이 그를 기다리고 있었던 것이었다. 이 일로 인하여 레안드로스는 산달의 건조물 곁에 있는 어느 창고 안에 대도시에 있는 궁의 명령에 의해 임시로 건축 교실이 마련되어 있으며, 산달의 학생 중에는 레안드로스와 함께 탑의 사각형 부분을 아치형으로 바꾸어가고, 아치형에서 둥근 형태의 꼭대기로 이어가는 방법을 배우고 익힌 몇몇 사람이 있다는 것을 알게 되었다.

레안드로스가 예상한 대로 산달의 탑은 관측탑에 표시되어 있던 높이에 도달하기 전에 공사를 마무리하지 않을 수 없었지만 산달의 친구들과 도시의 성직자들, 왕자의 궁에 있는 병사들, 그리고 선술집에서 술잔을 놓고 담배 연기를 한쪽으로 몰아가며 떠드는 모든 사람들이 그 건축가가 그의 작업을 일정에 앞서 마무리 지었다고 말했다. 결론은 산달이 사바 강 성문 다른 쪽에서 '숨이 턱에 차도록 일하고 있는' 석공을 앞질렀다는 것이었으며, 레안드로스가 건축물을 만드는 일정이 늦어지고 있다는 것이었다.

산달의 북쪽 탑은 그간의 격식에 맞추어 납으로 덮여졌다. 아울러 축성 의식이 있기 전까지 까마귀가 그 위를 날아가지 못하도록 궁수가 배치되었으며, 또 소를 잡았는가 하면 새로운 건조물 속에 허수아비를 집어넣고 탑의 꼭대기에 수탉 조형물을 올려놓았다. 그때쯤 아침이면 산달의 탑은 레안드로스의 남쪽 탑 위로 그림자를 드리웠고, 그 이후로 레안드로스는 그 그림자 속에서 탑을 지어갔다. 다뉴브 강과 사바 강 반대편에까지 소리가 들리는 축제와 함께 새로운 건조물이 사람들에게 공개되었지만 레안드로스는 여전히 남쪽 탑의 바닥에 있는 자신의 배에서 밤을 보내고 있었으며, 탑은 둥근 벽이 시작될 것으로 예상되는 지점까지도 도달하지 못하고 있었다. 일이 끝나갈 무렵, 그에겐 이미 조수도 없었고 돈도 없었으며 밀가루 반죽 속에 떨어져 있는 못처럼 혼자였고 도와주는 사람도 없었다. 그리고 매일 아침 병사들이 그에게 길을 더럽히면 벌금을 부과할 것이니 건조물의 주변을 어지럽히지 말라고 경고했다. 친구들은 탑 속에 있는 설계 초안에 전혀 관심을 보이지 않았고, 그는 이제 몇 안 되는 작업자들과 함께 일을 하고 있었으며, 그들은 아무리 허리를 졸라맨다고 해도 지푸라기를 먹고 살 수는 없어서 단 몇 푼이라도 벌려고 터키 쪽에서 몰래 숨어들어온 사람들이었다. 그들은 주말이면 밤에 배를 타고 셔츠로 노를 감싼 채 소리가 안 나게 노를 저어 집으로 돌아갔으며, 말을 발설하면 희생이 따르고, 삶이 말할 수 없이 값싸게 취급당하는 사람들이었다.

외로움과 탑의 높이에 대한 걱정으로 말을 잃고 있었던 레안드로스는 입속에서 마치 쓴 과일처럼 자신의 혀를 깨물곤 했다.

그는 자신의 손이나 돌과 얘기를 나누었다. 그때면 때때로 그 말들마저 그를 떠받쳐줄 무엇인가 단단하고 무거운 것을 갖고 있지 못한 말로 여겨졌다. 또 견고한 받침대 위로 올려놓을 수 있거나 이곳에서 저곳으로 옮길 수 있을 만한 명칭을 가질 수 없는 말과 같이 여겨졌다. 아울러 자신의 신세가 어딘가 내려앉아 둥지를 지을 곳을 찾을 수 없어 물 위에서 알을 품어야 하는 다리 없는 새와 같이 여겨지기도 했다.

어느 날 밤, 그는 배 안에 누워 어떻게 맥박은 고동치는데 몸은 나무처럼 굳어가는지, 또 자신의 머리카락이 어떻게 자신에게 상처를 입히고 뜨거운 열이 귀의 끝부분을 어떻게 지져대고 서리가 어떻게 뼈의 안쪽으로 스며드는가를 느끼고 있었다. 그것을 통하여 그는 거울이 어디에서나 거울의 침묵을 안고 다니는 것처럼 자신이 평생 그의 몸 안에 지독한 겨울을 안고 다녔다는 사실을 깨닫게 되었다. 탑의 건너편 어디에선가 수많은 밤이 지나갔고 이제는 눈이 쌓이고 있었으며 그때 그의 아버지가 와서 새로운 소식을 들려주었다. 그는 자리에 앉아 자신의 아들을 위해 허브차와 옥수수차를 끓였으며 탑의 구석 보이지 않는 어디에선가 모르는 사람과 얘기를 나누었으나 몸이 아픈 환자에게는 아버지의 이야기 상대 또한 보이지 않았다.

"마실 것의 처음 한 모금과 음식의 처음 한 조각은 악마에게 던져버려야 한다." 불꽃의 맞은편에 자리한 어둠 속에서 레안드로스의 아버지가 한숨을 내쉬며 이렇게 말했다. "하지만 자신의 모자마저 훔칠 지경이고 빵을 구걸하고 다닐 지경의 사람이라면 어찌 그런 것이라고 던져버릴 수가 있겠느냐? 나는 심지어 아직 영구치도 나지 않았던 나이에 이미 손에 자루를 들고 구걸하며 그 자루를 채웠던 것으로 기억하고 있다. 여기에서 한번 가면 돌아올 수 없는 머나먼 땅까지, 그리고 오지의 저편까지 갔다가 다시 고향으로 돌아올 때까지 계속하여 그렇게 했다. 나는 수백 개의 작은 빵 조각을 갖고 돌아와 그것을 식탁 위에 올려놓았다. 그것을 식탁 위에 쏟아놓자, 잘라놓은 빵의 맨윗 조각, 빵 껍질, 반듯한 빵 조각, 나눠진 빵 조각, 먹다 남은 빵 조각, 한입에 먹을 수 있는 빵 조각, 덩어리진 빵 조각, 부스러진 빵 조각, 작은 빵 조각, 뒤집은 필래프[17] 속에서 발견된 어제의 호밀빵, 그저께 만든 팬케이크, 거지에게서 얻은 폴렌타[18], 메밀 팬케이크, 그리고 산딸기가 얹힌 밀가루 핫케이크가 있었다. 또 떨어져 나온 파이 조각과 떨어져 나온 '신의 뺨', 귀리빵과 이빨이 부러질 정도로 단단한 군인들의 밀가루빵, 유대인들의 무교병[19]과 수도승들이 한 달 동안 풀을 이용하여 만들기 때문에 단단해지지 않는 빵이 있었다. 또 생선가루로 만든 빵과 귀리 토스트가 있었다. 치즈가 들어 있지 않은 옥수수빵도 있었다. 약

---

17) 쌀에 고기·양념을 섞어 만든 터키식 음식.
18) 옥수수 가루로 만든 음식.
19) 유대인들이 전통적으로 유월절에 먹는 비스킷 비슷한 빵.

간 설익은 두 개의 둥근 빵, 제대로 부풀지 않은 납작한 빵, 곰팡이가 핀 턴오버[20], 위령의 날[21]에 소의 뿔에 매달아놓는 귀리로 만든 고리 모양의 빵, 할머니의 한숨이 서린 빵, 마지막 전쟁에서 병사에게서 얻은 빵, 누글누글해진 성인의 날 케이크, 상당히 오래된 팝오버[22], 그 이름을 일일이 언급할 수 없는 어느 기사의 시종들이 준 빵이나 '아빠가 나에게 프레첼[23]을 사주셨지만 나는 그만 바보같이 그것을 빵도 없이 먹어버렸지'라고 불린 빵도 있었다. 바삭바삭하게 구운 얇은 토스트와 프렌치토스트, 딱딱한 빵과 네가 콘스탄티노플로 보내주어 목숨을 다시 구하게 된 케이크, 효모로 만든 빵과 웨이퍼[24], 씹어서 뭉쳐놓은 종이, 크럼블과 빵의 원료, 귀리 비스킷, 수수빵, 호밀빵, 성만찬용 웨이퍼, 그리고 보리빵, 완전히 곤죽이 된 빵과 파삭파삭한 빵, 껍질 없이 속으로만 이루어진 빵과 속이 없는 파이, 뭉쳐진 옥수수가루, 눌어붙은 콧물과 몇 가지의 작고 보잘 것 없는 것들, 온갖 설치류의 창자와 누군가의 엉덩이에 아첨이라도 하고 얻은 듯한 것도 있었다. 말 그대로 '저것은 좀 치우게!'라는 말을 한 번이라도 들어봤음직한 이 세상의 모든 것들이 너의 식탁 위에서

---

20) 과일과 잼을 속에 넣어 삼각형이나 반달 모양으로 접어 만든 파이.
21) 기독교에서 성인들을 기리는 날로 11월 2일.
22) 달걀, 우유, 밀가루를 섞어 윗부분이 부풀어 오르게 구운 빵.
23) 매듭이나 막대 모양의 짤짤한 비스킷.
24) 얇고 바삭하게 구운 과자.

네게 어제가 되어버린 그 빵 조각의 세상이 어떻게 너의 내일이 되었는가를 말해주고 있었다. 모든 빵 조각은 그렇게 모양이 다른 법이며, 네가 난로 위에 있는 일하는 사람의 커다란 빵을 슬쩍 훔쳐 와서 밤에 그것을 머리 아래쪽에 넣어두면 적어도 3일 동안은 부자가 된 듯한 기분으로 지낼 수가 있다! 그 빵을 부술 때면 귀밑으로 빵이 부서지는 소리가 들리고, 그러면 마음이 따뜻해지면서 하품이 나오게 되고, 먹고 나면 너는 배가 불러 그 위에 쓰러져 잠을 자면서 트림을 하고 포도주 꿈을 꾸게 된다. 몇 리터의 포도주 꿈을. 몇 통의, 몇 마차의 포도주 꿈을. 그렇지만 포도주는 어디에도 단 한 방울도 없단다!……

"그것이 우리같이 가난한 자들의 삶이다. 하지만 그 정도로는 상황이 충분히 나쁜 것이 아니라는 듯 이제는 심지어 우리 위의 사람들도 휘청거리고 있다. 두루미들이 최근 그들의 그림자로 도시의 우물을 오염시켰고, 많은 사람들이 목숨을 잃었다. 심지어 두 명의 남자가 말 사이에 양탄자를 펼쳐놓고 그 위에 크라시미리치를 실은 뒤 대도시 왕궁의 허브 치료실로 데려갔다. 그는 매우 지쳐 있는 상태이다. 사람들은 오랫동안 탑을 짓는 일이 그의 기력을 쥐어짤 대로 쥐어짰고 그의 땀을 뽑아냈으며, 그것은 좋은 일이 아니라고 말하고 있다. 땀이 없는 인간은 그림자가 없는 인간과 같다. 손톱에 이르기까지 착하기 이를 데 없었던 누군가에겐 얼마나 불행한 일이냐. 그는 머리카락을 다시 심어야 하겠지만 사실 그는 정말로 좋은 사람이다. 그리고 그는 마치 임

신한 여자가 뱃속에 아이가 있는 것을 자랑스럽게 보여주고 다니는 것처럼 아주 젊게 보이는 그의 나이를 자랑스럽게 드러내고 다녔다. 안타깝게도 그는 사람들과 마을에 이익을 가져다주면서 그보다 두 배는 더 오래 살 수 있었지만 그것 봐라, 매사에 조심하며 살지 않으면 아무 소용이 없는 법이다. 그러나 나는 그가 회복되어 별일이 없었으면 좋겠다. 그리고 또 믿을 수가 없는 물을 너무 많이 마시면서 점점 약해지고 있는 이 자리의 내 아들도 그렇게 되었으면 좋겠구나……"

그런데 다음 순간, 무덤덤하게 내뱉던 이 말들의 흐름을 갑자기 멈추고는 늙은 취호리치, 다시 말하여 레안드로스의 아버지가 탑의 앞쪽으로 나가더니 어둠 속에서 백단유의 놀라운 향기를 퍼뜨렸으며 그러자 전혀 다른 말들이 쏟아져 나오기 시작했다.

"너는 네가 그런 식으로 죽을 것이라고 생각하고 있지. 늙고, 그러고는 죽는다고. 하지만 그것은 그렇게 단순한 일이 아니란다. 우리들의 앞뒤에 있는 모든 것들이 우리가 예상한 것보다 훨씬 더 오래 지속된단다. 예를 들어 너는 마음과 영혼의 차이를 알고 있느냐? 우리가 내면의 눈을 마음에 맞추면 우리는 바로 그 순간의 영혼을 보게 된단다. 우리의 영혼을 통하여 볼 때는 지금이 아니라 수천 년 전의 그것을 보게 된단다. 그 때문에 무엇인가를 응시하는 우리의 시선이 영혼에 도달한 뒤 그것을 관찰하려면 오랜 시간이 걸리고, 영혼의 빛이 내면의 눈에 도달하여 그것을 환하게 비추는 데도 오랜 시간이 필요하단다. 하지만 때로 바로 그것이 오래전에 사라진 영혼을 볼 수 있는 방법이란다. 그것이 영혼과 함께 할 수 있는 방법이라면 아울러 그것이 죽음과 함께 할 수 있는 방법이란 것은 너도 상상할 수 있을 것이다. 인간의 죽음은 정확히 인간의 삶과 똑같은 시간 동안 지속되며 심지어 훨씬 더 길지도 모른다. 죽음은 인간의 삶보다 훨씬 더 어렵고 오래 지속되는 복잡한 사건이나 일이며 또 수고를 필요로 하는 것이기 때문이란다…… 너의 죽음은 너의 삶보다 두 배는 더 오래 계속될 수도 있단다……"

하지만 그 중요한 순간에 노인의 입에서 나오던 말의 흐름이 갑자기 끊기고 말았으며, 이 두 번째 흐름이 그의 내면에서 끊기고 나자 레안드로스의 아버지에게선 다시 전혀 의미를 알 수 없는 횡설수설하는 말들이 쏟아져 나오기 시작했다.

그러고 나서 레안드로스는 정말로 상태가 기적처럼 회복되었다. 갑자기 한밤중에 그의 코가 뚫리더니 상당히 오랜만에, 거의 몇 주 만에 처음인 듯 숨을 들이쉴 수 있었으며 마치 그가 거의 죽어 있었던 듯이 그 자신의 몸에서 풍기는 이상하고 낯선 냄새에 크게 놀랐다. 마치 아무도 어둠 속에서 파도를 일일이 볼 수는 없지만 사바 강의 강둑이 지나간 수많은 밤에 어마어마한 물이 굉음을 내며 지나가는 것을 지켜보았듯이 그는 자신이 기억하지 못하고 있지만, 지금 그를 지나가는 이 모든 시간이 그를 뚫고 무수히 많은 꿈들을 지나갔다는 것을 느꼈다. 그리하여 레안드로스는 처음 눈에 띈 나비떼와 함께 경사진 초원으로 나갔으며, 그에겐 강의 수면이 상승하며 수면이 둑보다 더 높이 올라와 있는 듯이 보였다. 그가 자신의 작은 언덕에 서 있다는 것 그 자체가 기적이었다. 그때부터 그의 귀는 술에 취해도 그의 눈은 전혀 술에 취하질 않는 상태가 되었으며 그 상태로 그는 탑 짓는 작업을 계속했다.

마치 꿈 속인 양, 그는 탑을 마무리 지었고 그 건조물의 꼭대기 가까이 있는 창문들을 열었으며 맨 아래쪽 가까운 곳의 구멍들 안쪽으로 덧문이나 출입문을 설치했다. 그리고 갑자기 그는 이들 각각의 구멍에 대고 한때 자신이 학생일 때 했던 것처럼 헤로와 레안드로스의 시적 이야기에 나오는 시구를 무심코 암송하고 있다는 것을 깨달았다.

레안드로스는 사랑으로 타오르는 그의 눈을
그 젊은 처녀의 여린 목에서 한순간도 떼지 못하고 있었네……

하지만 이번에 레안드로스는 그 텍스트를 외우기 위하여 그런 행동을 한 것이 아니었다. 이 그리스어 문장은 그가 오래전에 외워서 익혀둔 것이었다. 그는 헤로와 레안드로스에 대한 그 시구를 마지막으로 암송한 것이었으며 그 뒤로는 영원히 그것을 잊어버리고 마치 구덩이 속에 비밀을 묻어두듯이 그것을 그가 지은 건물의 창과 문 속에 남겨두었다.

Κὰδδ', Ἡρὼ τέθνηκε σὺν ὀλλυμένῳ παρακοίτῃ
ἀλλήλων δ' ἀπόναντο καὶ ἐν πυμάτῳ περ ὀλέθρῳ.
헤로가 죽어 지하 세계에서 그녀가 사랑하던 사람을 다시 만
났을 때,
둘은 심지어 그것이 죽음이었는데도 즐거움과 행복을 찾았
다네.

석공은 생각했다. '하여간 이 세상은 우리에게 속한 것은 아
니지만 우리의 아버지들과 아버지들의 동료에게는 속해 있으며
그들은 마치 이 세상의 유일한 소유자인 것처럼 느끼고 행동한
다. 나와 나의 동료들은 그들의 칼에 의지하여 이 도시로 몰려들
어온 사람들이나 이국의 군대들과 함께 강을 헤엄쳐 건너온 사
람들의 가엾은 작은 종이었으며 지금도 여전히 그렇다. 우리의
아버지 세대부터 우리는 작은 종의 신분만을 물려받은 것이 아
니라 다 타버리고 절반은 파괴된 세상과 굶주린 어린 시절까지
물려받았으며, 그것을 우리에게 물려준 사람들은 여전히 노예
로 살고 있는 우리들에게 그것이 선이라며 우리의 생각을 뒤바
꾸어놓았다. 그런데 우리들 스스로는 여기서 우리가 지나다니는
창과 문 속으로 그 이상한 말을 던져 넣으며 그것을 외우고 있
다……'

탑이 완성되었을 때, 그리고 탑의 꼭대기에 수탉 조형물을 올려놓았을 때, 레안드로스는 손에 포도주잔을 들고 성의 축성 의식을 올리고 높은 곳에서 도시를 살펴보려는 뜻을 갖고 탑의 꼭대기로 기어 올라갔다. 하지만 그의 아래쪽 심연 속엔 도시 같은 것은 전혀 없었다. 남쪽 탑의 꼭대기는 구름을 뚫고 솟아올랐으며 그곳에선 누구도 지상에 있는 것이라곤 아무것도 볼 수가 없었다. 그곳처럼 높은 곳에선 넘쳐나는 호수처럼 침묵이 지배하고 있었으며 가끔 아래쪽 깊은 곳에서 들려오는 무엇인가 짖어대는 소리나 도끼의 금속성 소리만이 그 침묵을 깰 뿐이었다.

결과적으로 지상에선 누구도 도시의 사람들에게 시간과 바람의 방향을 알려줄 것으로 짐작되는 탑의 꼭대기나 수탉 조형물을 볼 수가 없었다. 레안드로스는 혼란스럽고 무서워서 탑에서 내려왔다. 탑의 발치에 모여든 사람들이 하늘의 정적에 가려진 탑의 무한한 높이를 응시하며 올려다보고 있었다. 이어 사람들은 그가 저 구름 속에 만들어놓은 것이 무엇인지는 아무도 알 수 없다고 투덜거리며 흩어졌다. 오직 시시만 가크만이 그에게 다가와 손을 흔들며 이렇게 중얼거렸다. "정말 비할 데 없이 훌륭하군. 이제 자네는 더 이상 아무것도 건축할 필요가 없겠어. 그런 건 이제 다른 사람들의 몫으로 남겨두게나……"

하지만 레안드로스의 고행이 그것으로 끝난 것은 아니었다. 봄철이 되어 하늘이 맑아지고 먼 곳까지 시야가 확보되면서 두 탑이 모두 동시에 도시의 거주자들에게 그 모습을 드러냈을 때 한쪽은 햇볕 속에서 빛나고 있었고, 다른 한쪽은 마치 금방이라도 쓰러질 듯한 칙칙한 분위기를 보여주고 있었다. 그리고 알고 보니 탑의 꼭대기에 자리한 수탉들도 똑같은 시간을 보여주지 않고 있었다. 산달의 작은 탑 위에 자리한 수탉은 끊임없이 돌고 있었으며 아주 약한 산들바람이나 변화에도 매우 민감한 반응을 보였고, 매 순간마다 이리저리 획획 움직이며 끊임없이 새로운 바람의 방향을 알려주고 있었다. 레안드로스의 거대한 탑 위에 자리한 수탉은 그것만의 어느 정도 또 다른 시간과 그것만의 날씨를 보여주었고, 그것으로 미루어 지상에서는 불지 않는 거친 바람과 대단히 넓은 광범위한 시야의 세상과 연결되어 있음이 분명했다.

"저 정도 높이에선 어떤 것도 제대로 볼 수가 없어." 누군가 그렇게 말했다.

"사람의 시력에 무리를 주는 것은 좋은 일이 못돼. 우리에게 과연 두 마리의 수탉이 필요한 것일까?" 또 다른 어떤 사람들이 때때로 그런 의문을 표했으며 레안드로스가 지은 남쪽 탑의 높이를 낮추어 산달 크라시미리치가 지은 북쪽 탑과 높이를 맞춤으로써 남쪽 탑 역시 도시의 일상적 필요에 부응하도록 해야 한다는 견해가 제기되기도 했다. 베오그라드의 도시 그림이 포함되어 있는, 그러면서 인쇄할 수 있는 지도를 만들기 위해 황동판에 두 탑을 새길 때, 그 러시아인의 제자 중 하나였던 지도 새기는 사람은 레안드로스의 탑은 어느 정도 낮게 만들고, 산달(그가 그에게 일을 그렇게 해달라고 부탁했다)의 탑은 실제보다 아주 약간 더 높게 만들어서 두 탑이 같은 동판에선 높이가 같아지고 말았다. 그리고 결국에는 이 동판이 다시 한번 최후로 평생 동안 레안드로스를 뒤쫓던 사브르를 든 자 중의 한 명에게로 그를 데려가기에 이르렀다. 다만 이번에는 사브르를 든 자 중에서도 단연 가장 강한 자였다.

3

레안드로스는 그리스도에게 세례를 준 선지자 성 요한의 날에 자신이 만든 탑의 축성 의식을 올렸으며, 쟁반 위에 올려진 그 세례요한의 잘려진 목을 묘사한 성상(聖像)을 탑의 주위에 원형으로 옮겨놓았다. 두 주 후, 레안드로스는 그와 똑같은 성상(聖像)을 회상하며 그의 마지막 여행길에 올랐다. 다시 장사에 나서겠다는 것이 구실이었지만 그는 자신의 또 다른 예언자로부터 예언을 듣기 위하여 두브로브니크로 갔다. 그는 바람의 안쪽, 그러니까 비를 뚫고 바람이 불 때 여전히 젖지 않고 마른 상태로 남아 있는 부분을 동시에 살펴보지 않을 수 없었다. 레안드로스가 우리가 모르는 사람에게 보낸 편지로 미루어보면 예전과 마찬가지로 이번 여행에서도 그는 디오미데스 수보타와 함께 하고 있었다. 레안드로스의 편지는 다음과 같이 되어 있었다.

"지난해 어느 날 오후, 치즈를 기름 속에 담가두는 그 무렵쯤, 디오미데스 수보타와 나는 휘파람으로 꿈을 노래할 수 있는 법을 알고 있는 벤자민 코헨을 만나기 위해 길을 떠났다. 그는 여름에는 목장에서 소의 방울을 우유 그릇 삼아 그 속에 젖소의 젖을 짜고, 겨울엔 사람들을 실신시키는 어떤 종류의 그림을 몰래 보여준다는 얘기가 있었다. 우리는 창가에 앉아 있는 그를 발견했으며 마치 창문이 속이 들여다보이는 구멍이라도 되는 양 그것을 통해 그의 미소를 살펴보았다. 우리는 그에게 문제의 그 그림을 우리에게 보여달라고 부탁했고 그가 그러겠다고 했지만 우리는 그에게 따로따로 금화 한 닢씩을 내놓아야 했다. 그런데 그는 공간이 협소하다는 이유를 내세워 우리 모두를 한번에 들여보낼 수는 없다고 했다. 디오미데스가 먼저 들어갔으며 그가 내 곁을 지날 때, 그와 우리들이 어린 시절에 했던 것처럼 나는 그를 꼬집었고 그때 코헨은 시장 근처에서 끌어다놓은 수레 위에 앉아 노닥거리고 있었다. 안쪽으로 들어간 그는 오래 머물지 않았으며 수탉이 두 번 울어댈 정도의 시간도 채우지 못한 채 뛰쳐나왔다. 그때 그의 얼굴은 하얗게 질려 있었으며 거리에다 콜로체프산 적포도주에 올리브유가 뒤섞인 생선을 토해냈다. 나는 그다지 두렵지 않았으며 곧바로 안으로 들어갔다. 안은 마치 배의 내부 같았으며 천장에 매달린 등이 파도처럼 흔들리고 있었다. 나는 탁자 위에서 소총의 총신에 의해 상처가 난 시계와 필통, 그리고 코헨이 무엇인가를 쓸 때 사용하는 종이 한 장을 보았으며 할 수 있는 한 최선을 다하여 그것을 내 마음속에 새겨놓았다. 아마도 너는 내 편지를 읽어보면 그것을 찾는 데 도움이 될 것이다.

"코헨은 이렇게 썼다. '가장 중요한 점을 꼽자면 인간이 아니라 울프하운드[25]의 기억을 고려해야 한다는 것이다. 그 기억이 더 깊고, 더 오랫동안 지속되며 더 정확하기 때문이다. 그것은 인간의 기억처럼 해석할 필요가 없으며 시간 속에 자리한 일종의 집에 가깝다.'

"'당신은 왜 이렇게 비싼가?' 내가 그에게 물었다.

"'왜냐하면 나의 시야에는 빠른 비밀이 포착되는데, 그런 비밀은 거의 곧바로 현실이 되기 때문이다.' 그가 웃으면서 답했다.

"'그렇다면 나의 빠른 비밀은 무엇인가?'

"'세상의 모든 인간이 누군가의 자식이듯이, 모두는 필연적으로 누군가의 죽음이다. 누군가의 삶이 너의 안에서 존재를 얻어 구현되며 반복되듯이 네 속에서 누군가의 죽음이 환생하여 다시 구현된다. 그 얘기는 물려받은 이번 생과 물려받은 나그네의 이번 죽음이 제2의 아버지와 어머니가 네 안에서 이루는 결혼 같은 것일 수 있다는 뜻이다…… 하지만 이런 것은 직접 확

---

25) 원래 늑대 사냥에 쓰이던 키와 몸집이 아주 큰 개.

인해보는 것이 좋을 것이다.' 코헨의 답이었다.

"그러더니 코헨은 작은 돛만한 크기의 종이를 바닥에 펼쳤으며 그 종이는 여러 가지 그림과 수백 명이 집단으로 무엇을 하고 있는 것을 보여주고 있는 작은 사람들로 가득 차 있었고, 각각의 사람들은 서로 다른 일로 바쁜 상태였다. 그 그림 지도의 한쪽 가장자리에는 웃음에 대한 가르침과 같은 종류의 것이 붉은 잉크로 쓰여 있었다. 첫 번째 문장은 다음과 같이 시작되고 있었다. '인간은 태어나기 40일 전에 처음으로 웃고, 죽고 난 뒤 40일 후에 마지막으로 웃는다⋯⋯' 나머지는 판독이 불가능했다. 좀 더 가까이 다가가 코헨이 여러 장을 함께 붙여 지도만큼 크게 만들어놓은 종잇조각들에 묘사해놓은 해로운 야생동물들을 살펴보고 나는 그들이 사방에서 떼 지어 모여든 뒤에 사형수들을 죽이고 있는 셀 수 없이 많은 무리의 병사와 첩자들이란 것을 알게 되었다. 각각의 사형수들은 죽음의 순간을 맞고 있는 것으로 묘사되어 있었으며 죽음이 목초지의 꽃만큼이나 수없이 많았다. 죽음은 다양했으며 각각의 사람들은 자신의 죽음에서 다른 누군가의 죽음을 바라보고 있었다. 그들은 숨이 넘어가는 소리를 내고 낙타처럼 비명을 지르며 죽어가고 있었지만 그 비명은 지도에서 들을 수가 없었다. 비명은 사형수들의 내면으로 돌아가 그들의 내면을 칼처럼 난도질하고 있었다⋯⋯ 그 종이를 살펴보다가 나는 그에게 왜 디오미데스가 그토록 겁을 집어먹고 뛰쳐나갔는지 물어보았다. 그러자 그가 답했다. '그가 했던 대로 하나

골라보라. 그러면 너도 보게 될 것이다.'

"'무엇을 고르라는 것인가?'

"'어느 쪽에서 볼 것인지를 골라보라. 가령, 여기 이 그림의 아래쪽 가장자리를 따라 살펴보면 병사들이 대형을 이루어 줄을 서 있고, 그들 모두가 너를 그들의 지휘자인 듯 바라보며 너의 명령을 기다리고 있다. 그들 중 한 명을 골라서 네가 원하는 것이 무엇이든 그를 너의 안내자 겸 경비병으로 삼은 뒤 무슨 일이 생기는지 주의 깊게 지켜보라.'

"나는 체구가 작은 북 치는 사람을 골랐다. 왜냐하면 마치 그가 응시를 하면 허공에 그 말들이 새겨지기라도 하는 양 그의 눈에서 말들이 나오고 있었고, 그래서 그 말들을 보고 읽을 수가 있었기 때문이다. 그 말들은 이러했다. '영혼이 이동하는 것과 똑같이 죽음 또한 이동한다.' 이 글귀를 읽자마자 나는 비록 그가 시선을 나에게 맞추고 있긴 했지만 이 북 치는 사람이 작은 막대로 병사들의 대열 위쪽에 있는 무엇인가를 비스듬히 가리키고 있다는 것을 알게 되었다. 나의 시선은 지도 위에서 그 작은 막대가 가리키는 방향으로 가로질러 가다가 방금 두루마리에 적힌 어떤 명령을 받아든 한 병사에게서 멈추었다. 이어 나는 다음 교차로에서 그가 두루마리 명령을 한 기병에게 건네는 것을 볼 수 있었다. 이 장면에는 그 기병의 안장이 터키인들의 머리카락으로 가득 차 있다는 주석이 붙어 있었다. 이어 나는 그 말이 그림 속에서 수많은 사람들을 뚫고 그 전령을 터키인과 기독교인 사이에 전투가 벌어졌던 강이 내려다보이는 도시로 데려다 주는 장면을 볼 수 있었다. 이곳에서 그 사람은 말에서 내려 '마혜루스'라고 쓰인 탑의 아래쪽으로 걸어갔다. 그 사람은 그 건조물 안으로 들어갔지만 두루마리는 바깥의 땅 위에 버려두었다. 두루마리에는 '너는 불로 인하여 죽게 될 것이다!'라는 말이 적혀 있었다. 그리고 이런 말의 아래쪽에 1739년 4월 22일이란 날짜가 적혀 있었다.

"코헨이 내게 말했다. '이제 너는 네 자신의 죽음을 선택한 것이다. 그러니 너는 탑 속으로 들어간 그 사람과 마찬가지로 불에 의해 죽게 될 것이다. 네가 만약 대열을 이루어 서 있는 지도 하단의 병사들 중에서 북 치는 사람을 보지 않고 다른 병사를 선택했다면 그 병사는 너를 다른 방향으로 이끌었을 것이다. 그러면 다른 명령을 받아서 그것을 누군가 다른 제3의 인물에게 전달했을 것이고, 그러면 너는 완전히 다른 방향으로 가게 되었을 것이다. 그렇게 되었다면 그곳의 다른 평결문에 쓰인 대로 다른 방식의 마지막을 보게 되었을 것이다. 하지만 이제는 이것이 너의 죽음이며 더 좋은 경우는 기대할 수가 없다. 어쨌거나 이제는 사람들의 귀에 대고 호소를 해봐도 아무 소용이 없다. 신은 자신이 선택한 사람을 통하여 입에서 입으로 말을 전하며 귀는 믿을 수가 없어서 피하신다……'

"'그렇다면 그날이' 하고 내가 그의 말을 가로막았다. '내가 죽는 날이란 말인가?'

"'그렇다.' 그가 내게 말했다.

"'그렇다면 디오미데스 수보타도 나와 마찬가지로 그 자신의 날을 보았는가?'

"'그도 보았다.' 그의 말이었다.

"'그러면 그의 날은 며칠인가?'

"'그의 날은 훨씬 빨랐다……'

"나는 밝은 곳으로 나온 뒤 입구에서 가능한 한 세게 코헨에게 주먹을 한 대 먹였다. 그는 그냥 바닥에 떨어진 모자를 집어 들더니 얇게 뜬 실눈으로 나를 바라보며 이렇게 말했다. '너는 내게 감사해야 한다. 이제 내가 무엇인가 또 다른 얘기를 해줄 것이기 때문이다. 그건 바로 우리의 죽음이 자매지간이기 때문에 우리는 이후로 형제라는 것이다.'

"얘기는 그것이 전부였다.

"하지만 올해 6월에 알다시피 디오미데스는 츠레블야르 바키치의 배를 타고 있었는데 노비(Novi)에서 바람이 그들을 엄습하더니 전복시켜버렸다. 그가 익사한 뒤 나는 내게 남은 날들을 계속 헤아리게 되었지만 결국은 냉정함을 되찾았다. 나는 다시 한번 코헨을 찾았으며, 지도에 있는 그 탑 앞에서 우리들 공동의 죽음을 보았던 사실을 없던 일로 하거나 날짜를 바꾸자고 부탁했다. 누구나 그의 수염만 봐도 그가 어떤 말을 하려고 하는지 읽어낼 수가 있었다.

"'그건 내 권한 밖의 일이어서 날짜는 옮길 수가 없다. 내가 할 수 있는 건 내 생일에 나 자신에게 선물을 하는 것밖에 없다. 나는 나의 세 영혼 중 하나에게 이틀간의 삶을 선물할 생각이다. 나는 나의 다른 두 영혼에게서 그것을 빼앗아올 것이다. 그러면 그 두 영혼은 그만큼 삶이 줄어들 것이다……' 그의 말이었다."

"그러고 나서 그는 지도를 집어 그 위에 원래의 그날 대신 1739년 4월 24일이라는 새로운 날짜를 표시했다.

"'그러면 나는 어떻게 되는가?' 내가 물었다.

"'너는 세 개의 영혼이 아니라 하나의 영혼밖에 갖고 있지 않다. 그러니 너는 죽음을 세 부분으로 나눌 수가 없다.'"

그의 친구 디오미데스 수보타의 죽음 이후, 또 두브로브니크에 들러 그의 앞날을 정해준 새로운 예언자를 만난 이후에 레안드로스는 집으로 돌아왔다. 여행을 할 때면 그는 마치 기도처럼 어떤 말을 중얼거렸다. "오, 주님, 감사드립니다. 주님은 제가 자랄 수 있는 시간을 주셨습니다. 영원히. 또 주님께서 제가 자라고 죽을 수 있는 공간을 주셨습니다. 죽음은 존재하지만 또 한 번의 탄생은 없기 때문입니다. 시간은 태어난 적이 없지만 그래도 죽게 될 것입니다……"

베오그라드에서 쉽게 닿을 수 있는 거리의 다뉴브 강 어딘가에서 레안드로스는 잡혔다. 그에게 다가선 터키 병사가 그의 머리카락 아래쪽에서 그의 귀를 조심스럽게 살펴보더니 이렇게 말했다. "그가 틀림없다. 귀 대신 배꼽이 있다. 그를 데드-아가 오츄즈에게 데려가라. 그가 오랫동안 이자를 찾고 있었다."

"생각해보면 나는 상당히 오래 살았다. 또 생각해보면 더 이상 오래 살 것 같지 않다!" 데드-아가 오츄즈는 자신의 수염에 대고 속삭이며 가장 짧은 지름길을 이용하여 서둘러 베오그라드로 향했고, 1739년 그 해의 베오그라드는 두 개의 다뉴브 강이(사바 강은 그리스 신화의 아르고 원정대 시절 이래로 "서쪽 다뉴브"라고 불리고 있었다) 합류하는 지점을 오스트리아 군대가 거의 모두 차지하고 있었다. 그의 부대들 사이에선 사령관이 다른 어떤 터키 군대보다 먼저 이 도시로 진격하여 성모마리아에게 바쳐진 루지차 교회를 파괴하겠다고 맹세한 사실이 알려져 있었다. 그것이 바로 파견된 그 군대가 햇볕을 정면으로 마주하기 전에 동에서 서로 가능한 한 많은 거리를 이동하려고 서두르면서 샛길을 이용하여 말들을 강제로 속보로 걷게 한 이유였지만 이로 인하여 행군은 매일매일 더 느려지고 있었다.

사령관은 "목적지에 도착하기 위하여 어떤 길을 선택하느냐가 매우 중요"하다고 생각하고 있었으며 그의 부대가 선택한 특별한 접근로는 정말 예상 밖의 방법으로 선정되었다. 1709년, 유명한 사브르의 명장이며 참수형 집행자인 데드-아가 오츄즈는 푸르트에서 러시아에 맞서 싸웠으며 그곳에선 러시아의 장군들이 전쟁 중에 그들의 여흥을 위하여 어떻게 그들의 참모들과 그들 자신만의 발레단과 합창단, 극단을 데리고 다니는가를 볼 수 있었다. 그때 이후로 그는 자신의 군대에 노래하는 이들과 탬버린 연주자들을 두었으며, 이번에 베오그라드로 진군하는 중에는 병사들이 통과해야 할 지명의 이름들을 뽑아서 이번 행군이 얼마나 멀리 왔는가를 병사들에게 알려주는 노래를 만드는 것이 그들의 일이 되었다. 노래하는 자들은 적인 기독교인 첩자와 길 안내자들을 잡아서 그들의 진술을 기반으로 각각의 이동 구간에 맞추어 군대가 진군할 곳의 지명으로 이루어진 새로운 노래의 구절을 만들었다.

코즐라, 브롤로그, 야시코바,
플라브나, 레츠카, 슬라티나,
카메니차, 시프, 코르보바,
부치예, 즐로트, 즐라티나……

데드-아가의 군대가 이 노래의 끝부분에 해당되는 곳까지 진군하여 베오그라드에 쉽게 닿을 수 있는 거리에 도착했을 때 갑자기 어떤 사건이 발생하여 진군이 중단되었다.

새벽 무렵, 군대는 볼레치 마을에서 그들의 머리에 구리 접시를 이고 화로에서 곧바로 꺼낸 파이와 빵을 나르고 있는 소년들의 무리와 마주하게 되었다. 좁은 통로에서 누군가의 말이 한 어린아이를 밟게 되었고, 아이가 자신의 접시를 떨어뜨리면서 파이가 자갈 위로 쏟아져 햇볕에 반짝거리게 되었으며 속이 빈 구리 접시는 탬버린처럼 땡그랑거렸다. 접시의 밑바닥엔 독특한 문양들이 구리 속으로 깊게 새겨진 상태로 장식되어 있었다. 그 소년은 무릎을 꿇고 파이를 다시 접시에 주워 모았으며, 데드-아가 오츄즈는 잠시 진군을 멈추었다. 그는 가볍게 뛰듯이 걷도록 훈련된 비싼 흑마를 타고 있었으며 이 말은 특별한 방법으로 족쇄를 채워 길러냄으로써 뛰지를 못하고 한번은 왼쪽 다리 두 개를 동시에 내딛고, 이어 다음 순간에는 오른쪽 다리 두 개를 동시에 내딛었다. 그러한 말은 앞뒤로 움직이는 것이 모두 쉬웠기 때문에 데드-아가 오츄즈는 이 동물을 뒤로 돌리진 않았지만 소년의 옆으로 다가가기 위해선 두 걸음 정도 뒤로 가지 않을 수 없었다.

"먹어라!" 그는 군인들에게 명령했고, 그들은 즉각 소년의 파이 접시에 달려들었다.

"입을 크게 벌려라!" 그가 이번에는 소년에게 명령했고, 그 자신의 소매에서 비싼 단추를 하나 떼어내더니 실패하는 법이 없는 익숙한 손으로 그 단추를 소년의 입속으로 던져 넣었다.

"이건 파이와 접시의 값이다." 데드-아가 오츄즈가 그렇게 말하더니 그에게서 빈 접시를 빼앗아 말을 타고 떠났다.

저녁때, 구리 접시는 데드-아가 오츄즈의 막사로 옮겨졌다(막사는 산성수가 흐르는 시냇물 위에 꾸려졌다). 아가와 그의 호위병들, 그리고 지금도 여전히 그의 모국어인 페르시아어로 꿈을 꾼다고 알려져 있는 아레포 출신의 데르비시[26]가 그 접시를 가운데 두고 주변으로 빙 둘러앉았다. 데르비시에게 접시의 문양을 해석해보라는 당혹스런 일이 맡겨졌다. 데르비시는 마치 구멍이라도 찾듯이 구리 접시를 주의 깊게 살펴보더니 이렇게 말했다.

"여기 이 접시의 바깥에 우주와 하늘, 그리고 땅이 그려진 지도가 있고, 이는 보이는 것과 보이지 않는 공간을 모두 갖춘 지도입니다. 이는 야바루트, 몰키, 말라쿠트, 알람 알 미탈이라 불리는 네 개의 도시, 혹은 네 개의 세계로 구성되어 있습니다."

이어 데르비시는 다음과 같은 말을 덧붙였다. "흔히 시야(視野)라고 불리는 것이 이들 네 개의 도시에 똑같이 나뉘어져 있지 않다는 사실을 아서야 합니다. 사람들은 닭싸움의 구역을 십자 모양의 교차선을 이용하여 네 개의 부분으로 나눔으로써 네 개의 세상으로 표현하는데 그것이 이 접시에도 그려져 있습니다. 알다시피 우주의 어느 부분이나 우주의 지도를 투계장의 모래 속에 어떻게 그리냐에 따라 수탉이 죽거나 승리하는 엄청난 차이가 발생합니다. 이 싸움의 지역에서 눈에 아주 잘 보이고 좋은 결과를 가져다주는 지역과 영원한 기억의 지역은 이 원의 동쪽과 서쪽 부분에 자리한 죽음과 패배의 지역으로 배치되어 있습니다. 말하자면 원의 동쪽과 서쪽 부분에 자리한 죽음과 패배가 남쪽이나 북쪽 부분에서 이룬 승리와 생명보다 더 높은 가치를 갖는 그런 방식으로 배치되어 있다고 할 수 있습니다. 이런 배치

---

26) 극도의 금욕 생활을 서약하는 이슬람교 집단의 일원으로 예배 때 빠른 춤을 춤.

에 따라 남쪽이나 북쪽 부분은 잘 보이지 않는 공간에 자리하고 있어 이곳에서의 죽음이나 승리는 영원한 인상이나 중요한 자취를 남기지 못하며 거의 허망하게 지나가게 됩니다." 알레포 출신의 데르비시가 다음과 같은 말을 이으며 자신의 설명을 마쳤다. "이런 경우엔 오늘 아침 병사들이 접시의 어느 부분에서 자신의 파이를 먹었느냐에 따라 엄청난 차이가 발생합니다. 왜냐하면 이런 배치에선 최소한 세 가지의 다른 세상에서 똑같은 성과를 거둘 수 있는 사람만이 강력한 힘을 가질 수 있게 되어 있기 때문입니다. 나머지 다른 사람들은 시간이 그들의 귀 뒤에 있어 항상 시간에 쫓기게 됩니다……"

말꼬리와 비슷한 수염을 가진 데드-아가 오츄즈가 언제 앞쪽으로 전진하지 않고 뒤쪽으로 슬쩍 후퇴할지는 아무도 알 수가 없었다. 그는 이번에는 데르비시의 이야기에 아무런 대꾸도 하지 않고 접시를 집어 들어 손으로 무게를 가늠해보더니 갑자기 그것을 뒤집어 데르비시에게 접시 안쪽에 새겨져 있는 다른 문양들도 해석해보라고 요구했다. 접시의 바닥에는 타고 있는 촛불이 부착되어 있었으며 다른 문양은 이슬람의 기술자가 새긴 것이 아니어서 그는 알 수 없었다. 때문에 데르비시가 그것을 읽을 수 없다는 것이 밝혀지면서 레안드로스가 데드-아가 오츄즈 앞으로 끌려오게 되었다.

막사 안으로 끌려온 레안드로스는 데드-아가 오츄즈와 그가 갖고 다니는 황금의 장식술이 달린 사브르를 보게 되었다. 그리고 아가 또한 마치 별들의 길이 하늘에 고랑을 내듯 웃음과 눈물이 깊은 주름을 만든 회색빛 얼굴의 그 사람을 보게 되었다. 잘려나간 그의 귀로 판단해보건데 이 사람이 데드-아가가 정복하려고 하는 사바 강 요새의 성벽을 쌓은 석공들 중 한 명이 분명했다.

'이 자는 상당히 나이가 들었군. 그러니 그는 모든 것을 알고 있을 것이다. 베오그라드의 모든 교회들이 어디에 있고, 언제 새들이 오줌을 싸는지……' 데드-아가 오츄즈는 혼자 그렇게 생각했다. 그리고 그는 레안드로스에게 다음과 같이 물었다. "네 눈에는 접시 안에서 무엇이 보이느냐?"

"제 얼굴입니다." 레안드로스가 답했다.

"네가 이곳에 있다는 것은 이미 얼굴을 잃었다는 뜻이다." 데드-아가 오츄즈가 말했다. "더 자세히 들여다보거라. 이것은 한때 지도를 찍어내기 위해 만든 어떤 문양이 새겨진 황동판이었다. 그런데 나중에 그것으로 접시를 만든 것이다. 접시에 새겨진 것이 무엇인지 읽을 수 있겠느냐?"

"그리치쉐 바이센부르그(Griechisch Weissenburg)."

"그게 무슨 뜻이냐?"

"베오그라드란 뜻입니다."

"그리스 시절의 베오그라드?"

"아닙니다. 오스트리아인들은 베오그라드의 세르비아인들을 믿을 수 없는 사람들이라고 보고 베오그라드를 이런 식으로 달리 표시합니다."

"우리도 너희들을 믿을 수가 없다."

"우리도 알고 있습니다."

"너희들이 그리스를 믿고 있는 한 너희들 자신들에 대한 신뢰를 가질 수가 없다. 하지만 그것은 우리에게 중요하지 않다. 우리가 원하는 것은 접시에 그려진 것이 무엇이며 그것이 언제 새겨진 것인가를 네가 우리에게 알려주는 것이다. 우리에겐 베오그라드에 관한 자세한 얘기가 필요하다. 가능한 한 자세히 말해야 한다. 성벽과 건물들, 건축자들, 성문, 입구, 부자와 거주자들, 교회들, 그 모든 것에 대해 말하거라. 밤 시간 전체가 모두 우리의 것이긴 하지만 우리의 삶이 얼마나 남았는지는 우리도 알 수가 없다. 빵이 얼마나 많이 남았는가를 모르면 빵을 공정하게 나누기는 어려운 법이다. 편하게 모든 것을 털어놓도록 하라. 문양 하나하나에 대해 모두 말해야 한다. 무엇이든 적게 말하는 것보다 더 많이 말하는 것이 너에게 좋을 것이다. 그냥 일단은 네가 얼마나 오래 살아왔는가를 생각하도록 하거라. 그리고 그 다음에는 더 이상의 삶은 절대로 없다고 생각하거라! 또 너의 목이 그냥 사브르를 위해 만들어졌다고 생각하거라……"

안장에 앉아 천천히 접시를 뒤집은 레안드로스는 촛불의 불꽃이 그의 수염이나 눈썹을 핥지 않도록 주의하면서 바닥을 살펴보았으며, 마치 책을 읽듯이 구리에 쓰인 것을 읽어나갔다. 동맥이 뛰면서 그의 이마를 거쳐 가더니 시계처럼 등 쪽을 때렸으며, 때문에 머리카락이 레안드로스의 푸석푸석한 얼굴 위에서 여러 마리의 나비처럼 흔들리고 있었다. 갑자기 레안드로스의 안에서 째깍거리기 시작하면서 그 자신마저도 놀라게 한 이 시계는 어느 정도 그것만의 시간을 재고 있었으며, 시계가 멈추기 전에 정확한 시간을 확인할 수 있을 것으로 여겨졌다······

레안드로스가 얘기를 해주는 내내 데드-아가 오츄즈는 여전히 그대로 앉아서 마치 손으로 작고 동작이 빠른 동물을 잡고 있는 것처럼 자신의 수염을 살살 만지면서 주의 깊게 머리카락 한 올 한 올의 냄새를 맡고 있었고, 그 각각에서 새로운 냄새를 맡을 때마다 눈이 커지고 있었다. 병사들이 불을 밝혀놓고 둘러앉아 나눈 얘기들 가운데는 때때로 그들의 눈이 시력을 잃을 때가 있으며, 가끔 말에서 내릴 때 데드-아가 오츄즈도 말을 타고 있을 때의 땅을 보지 못한다는 얘기가 있었다. 그러함에도 불구하고 지금 그는 이야기에 크게 주의를 기울이지 않는 듯하면서 이야기를 듣고 있었으며, 그는 그가 언젠가 간 적이 있었지만 더 이상 어떻게 그곳을 찾아낼 수 있는지 알 수 없는, 어느 정도 오랫동안 잃어버린 장소를 다시 찾아내기 위해 사냥개처럼 냄새를 맡고 있는 듯 보였다. 이 장소, 이 은신처는 막사가 아닌 바깥의 어딘가에 있는 것이 아니었다. 그것은 자신만의 내부 어딘가에서 시간 속에 숨겨져 그 속에서 자라고 있었다. 그의 기억을 일깨워 그가 반드시 찾아가야 할 그 장소로 그를 인도해줄 오랫동안 찾던 익숙한 냄새를 기다리며 데드-아가 오츄즈는 얘기를 듣고 있었다. 그는 잠복한 채 두 개의 장소가 모두 나타나길 기다리고 있었으며, 그 두 개의 장소란 레안드로스의 이야기와 접시 속에 나타난 도시를 공격하기에 적절한 장소와 데드-아가 오츄즈 그 자신이 개인적 공격을 시작하기에 적절한 장소를 뜻했다. 그날 저녁 막사 안에 있었던 사람들에게 레안드로스가 털어놓은 얘기와 더불어 그 왕이 세운 전면적인 군사작전은 다른 부분, 즉 어떤 알 수 없는 순간에 전면적인 군사작전과 단 하나의 강력한 작전으로 통합되어 이전에 아가가 했던 맹세를 충족시킬 내면의 어떤 작전보다 덜 중요한 부분인 듯 여겨졌다. 최소한 그것이 그 막사 안에 있던 사람들의 생각이었다. 하지만 데드-아가 오츄즈는 자신의 수염 냄새를 맡으며 무엇인가 상당히 다른 생각을 하고 있었다. 그는 행군을 하는 도중에 겪었던, 먼지가 많았던 어느 날의 이른 저녁에 자신이 곧바로 확실하게 이해할 수 없었던 장면을 목도했던 것을 기억해냈다. 안장에 앉아 있던 그가 자신의 자리에서 처음에 본 것은 자신의 앞쪽 길을 가로질러 건너가고 있던 한 마리의 개였다. 그때 그는 저 개가 반딧불이를 잡으려고 하는구나 하고 이해를 했다. 그런데 이어 개와 반딧불이가 더 이상 보이지 않았다. 그는 더더욱 궁금해졌다. 나 자신 이외에 대열에서 개와 반딧불이를 본 사람이 또 있을까. 그리고 그는 결론을 내렸다. "나 역시 반딧불이를 쫓고 있는 중이다. 그것이 이미 내 안에 있는데도 나는 계속 그것을 쫓고 있다. 그러니 반딧불이를 집어삼키는 것만으로는 충분하지 않다. 반딧불이의 빛은 반드시 정복되어야 하며, 심지어 반딧불이를 집어삼킨 경우에도 그것은 정복되어야 한다……"

레안드로스의 얘기가 끝났을 때 자기 수염의 한쪽 끝까지 와 있었던 데드-아가 오츄즈는 자신의 검토를 완전히 마친 듯 보였다. 그에게는 이제 모든 것이 분명했다……

다음 날, 터키 군대가 베오그라드로 진격하여 들어갔을 때 데드-아가 오츄즈는 사바 강 성문을 가장 먼저 급습하고, 다른 무엇보다 루지차 교회에 도달하기 위해 걸음을 서둘렀다.

그는 "모든 사람들은 자신만의 죽음을 자신에게 맞는 상황으로 끌고 간다"고 생각했으며, 누군가 다른 사람이 자신보다 먼저 도착하는 것을 두려워한 그는 전속력으로 달리는 말 위에서 자물쇠를 향하여 그의 창을 던졌다. 창은 마치 열쇠처럼 그 사원을 똑바로 뚫고 들어갔으며, 삐걱거리는 소리와 함께 루지차의 문들이 열렸다. 병사들이 사방에서 그 교회와 성벽의 주변에 불을 질러 불길이 올랐을 때, 데드-아가 오츄즈는 말을 타고 교회로 들어가 안장 위에 앉은 채로 그의 사브르를 이용하여 성모마리아를 그려놓은 기적의 성화상에서 두 눈을 긁어냈으며, 곧바로 약효를 볼 수 있다는 그 색칠 가루를 칼끝에서 핥다가 그만 칼에 자신의 혀가 잘리고 말았다. 그렇게 되었는데도 그는 기적이 자신의 시력을 회복시켜주길 기다리고 있었다.

이런 일이 벌어지는 동안 레안드로스는 그 교회의 앞에 서서 그곳에 남겨진 상태 그대로 기다리고 있었다. 누군가 그의 머리카락을 보았다면 그를 가리켜 죽으러 가는 사람이라고 말했을 것이다. 하지만 그는 아직도 도시에 남아 있는 유일한 사람이었다. 다른 사람들은 모두 끔찍한 소동 속에서 흥분했고, 결국은 서로를 마구 베고 말았다. 하지만 레안드로스의 눈 위 동맥은 멈추지 않고 계속 뛰고 있었으며, 그의 눈썹은 마치 날기 전에 날개를 펴는 나비들처럼 문제의 그 시간을 재고 있었다. 이어 갑자기 그는 그의 시간이 다 되었다는 것을 깨달았다. 그의 눈썹이 움직임을 멈추었다. 데드-아가 오츄즈는 말을 타고 사원 밖으로 나오자마자 그를 죽일 것이다. 레안드로스는 교회 앞의 탁 트인 공간에서 그때까지 그를 기다리는 대신, 베오그라드의 좁은 거리를 향하여 무턱대고 뛰기 시작했다. 그의 뒤쪽에서 사브르가 부딪치는 소리가 들렸지만 레안드로스는 몸을 돌려 그를 쫓고 있는 자가 데드-아가 오츄즈인지, 아니면 다른 누구인지 살펴볼 여유가 없었다. 다급한 말발굽 소리와 함께 레안드로스는 지독한 악취의 낌새를 느꼈으며, 그것으로 전투 중에 두려움 때문에 안장에서 이미 똥을 싸버린 평범한 똥 싼 자에게 목이 잘리게 될 것이란 사실을 깨달았다. 악취는 점점 더 강해졌고, 그것은 그자가 그에게 점점 더 가까이 다가오고 있다는 뜻이었다. 사바 강으로 내려가는 계단에서 레안드로스는 마치 두 개의 운명 사이에서 주저하기라도 하는 듯 한순간 멈추었다가 이어 마지막 순간에 계단의 아래쪽으로 몸을 날려 한낮의 태양 아래 톱날 같은 모양으로 늘어서 있는 집들의 그림자를 급하게 밟으며 계속 아래쪽으로 내려갔다. 요란한 말발굽 소리가 그 계단 앞에서 멈추었으며 레안드로스는 기마병과 그의 사브르를 따돌리고 자신의 탑 안으로 곧장 날아갔다. 탑은 마치 갓 씻어낸 영혼처럼 조용했다. 탑이 그에게 아주 낯설게 보일 정도였다. 왜 그런지 모르겠지만 마치 그의 콧수염이 속눈썹에 닿아서 그의 시야를 방해라도 하고 있는 것처럼 낯설게 느껴졌다. 그는 마침내 몸을 숨길 수 있었다. 때는 1739년 4월 22일이었으며, 레안드로스는 그 사실을 알고 있었다. 하지만 바로 그때 그 순간, 그는 베오그라드의 사바 강 성문에 있는 두 개의 탑 모두에 이미 폭약이 매설되어 있었다는 사실을 모르고 있었다. 사람들은 폭발 직전, 탑 꼭대기의 수탉들이 똑같은 바람과 똑같은 시간을 보여주었다고 말했다. 처음이자 마지막으로 똑같은 바람과 똑같은 시간이었다. 어마어마한 폭발 속에서 탑들이 날아가고 그 불길 속에서 레안드로스의 몸이 사라진 시간은 12시 5분이었다.

헤 로
Hero

바람의 안쪽이란 비를 뚫고 바람이 불 때
마른 채로 남아 있는 부분이다.
_값싼 예언자 중의 한 명

1

"여자는 자신의 인생 전반부에 아이를 낳고, 후반부에 그녀 자신이나 그녀 주변의 사람들을 죽여서 매장한다. 문제는 이 후반부가 언제 시작되는가이다."

화학을 공부하는 학생인 헤로네아 부쿠르는 이러한 생각들에 골몰해 있다가 완전히 익힌 삶은 달걀을 자신의 이마에 부딪쳐 깨고는 껍질을 벗겨 먹어치웠다. 그것이 그녀가 준비해놓은 먹을 것의 전부였다. 그녀는 머리카락이 상당히 길어서 구둣주걱 대신 그것을 이용하곤 했다. 그녀는 베오그라드에서 가장 번잡한 지역에 있는 〈작은 황금 맥주통〉 카페 위층에 자리한 방을 빌려서 살고 있었으며, 그녀의 냉장고에는 연애 소설과 화장품이 가득 채워져 있었다. 그녀는 젊었다. 그녀는 무엇인가를 사러나갈 때면 돈을 마치 손수건처럼 구겨서 손에 쥐었고, 오후에는 해변의 어디쯤에선가 물 위에 누워 30분 정도 잠을 잘 수 있는 시간을 꿈꾸었다. 그녀는 아버지의 손을 기억했다. 그 손에는 바람 속의 파도처럼 물결이 일던 주름이 있었다. 그녀는 어떻게 해야 장조와 단조에서 모두 침묵을 유지할 수 있는지 알고 있었다. 사람들은 그녀를 헤로라고 불렀다. 그녀는 후추를 아주 좋아했으며 언제나 약간 강렬한 인상을 남기는 키스와 그녀가 입고 있는 흰색 화학자 가운의 아래쪽에 숨겨진, 콧수염처럼 유려한 곡선을 그리는 두 개의 가슴을 자랑스럽게 여겼다. 그녀는 이빨로 자신의 귀를 물 수 있을 만큼 동작이 빨랐다. 그녀는 음식이 입에서 식도로 내려가기도 전에 소화를 시켰으며, 2세기마다 다른 이들의 이름은 그대로 있는데 어떤 여자의 이름은 남자의 이름으로 바뀐다는 것을 알고 있었다.

하지만 그녀에겐 그녀가 그려내는 세계의 분명한 그림 속에 단순하게 꿰어 맞출 수 없는 무엇인가가 있었다. 그것은 바로 꿈이었다. 누군가의 두 귀 사이를 오가는 데 불과할 정도로 말할 수 없이 단순한 삶 속에서 매일 밤 꾸는 꿈만큼이나 설명할 수 없는 무엇인가가 또 있을까. 심지어 죽음 뒤에도 영속되는 무엇인가가 삶에 또 있는 것일까.

"꿈은 끊임없이 환생하며, 종종 꿈은 남자의 몸을 빌린 여성의 꿈이거나 그 반대일 때가 있다…… 얼마나 많은 사람들이 오늘날 꿈속에서 만나고 있는지 모른다! 전에는 그런 일이 전혀 없었다. 나는 이미 만나는 사람들이 너무 과잉된 상태이다!" 혜로는 그렇게 생각하고 있었다.

그리하여 혜로는 결론을 내렸다. 그녀는 더 생각할 것도 없이 곧바로 하드커버의 노트를 한 권 샀으며, 복식부기의 모든 규칙에 따라 그녀의 꿈에 대한 검토 작업을 시작했다. 그녀는 문제를 명확하게 하기로 결정했다. 그녀는 꿈에 나타나는 모든 것을 기록했다. 도자기, 배(pears)와 건물, 유니콘과 말(horses), 머리핀과 선박들, 야생 당나귀와 천사들, 비둘기가 앉으면 까마귀가 되는 페리덱스 나무와 유리잔, 귀를 통하여 수정이 되는 신화 속 괴물들과 부엌의 의자, 자동차, 그리고 그녀의 꿈에서 다른 사냥감들을 저항할 수 없이 매료시키는 검은 표범의 향기 좋은 포효 소리가 그것이었다. 그 모든 것을 나뉘어 있는 별도의 칸에 하나하나 기록하면서 노트에 적은 각각의 항목에 번호와 가격, 수록 날짜를 기입했다. 그녀의 꿈속에 특히 자주 나타나는 것은 한 나무의 그림자 앞에서 그림자를 건너갈 엄두를 내지 못하고 있는 커다란 뱀이었다. 그 경우 뱀은 대체로 나무 위로 기어 올라가 새가 그 위에 앉을 때까지 마치 나뭇가지처럼 행동했다. 그 다음에 그 뱀은 새에게 질문을 하나 던졌다. 답이 맞지 않으면 뱀은 새를 잡아먹었다. 혜로는 이를 한 칸에 기록해야 할지, 두 칸에 기록해야 할지 알 수가 없었다. 혜로가 마련한 꿈의 노트에 가장 자주 기입되는 또 다른 항목은 아주 조그마한 아이였다. 아이의 아버지는 오직 고기만 먹었으며 아이의 어머니는 오직 렌즈콩만 먹었다. 아버지 때문에 아이는 오직 고기만 맛볼 수밖에 없었으며, 아울러 어머니 때문에 렌즈콩만 맛볼 수밖에 없었다. 그러다 그가 굶어 죽는 것이 헤로의 꿈이었다.

헤로는 "분명히 우리 내면의 자신과 우리 안의 타인들은 매일 엄청난 거리를 달려가고 있다"라고 노트의 가장자리에 메모를 했다. 그리고 이렇게 생각했다. "우리는 삶에선 절대 가능하지 않은 넓은 지역을 이동할 수 있는 어떤 종류의 내적 움직임을 통하여 이러한 여행을 한다. 꿈속에서 이루어지는 이러한 내적 움직임은 외적 움직임보다 더 완벽하다. 왜냐하면 정지 상태가 절대 확실한 상태이며 그것이 모든 움직임의 출발점이고, 심지어 움직임도 움직임이 없는 상태 속에 내포되어 있기 때문이다. 하지만 아울러 꿈은 하나의 동물과 같은 것으로 인식될 수 있다."

그녀와 그녀의 남동생은 어린 시절 이래로 계속 외국어를 배우고 있었기 때문에 헤로는 그녀와 다른 사람들이 그녀의 꿈속에서 사용하는 언어의 형태에 대해서도 그 항목을 특별히 신경 써서 기입할 수 있었다. 그것은 꿈의 문법책과 상당히 비슷한 것으로 꿈의 언어학이자 잠을 자는 동안 사용하는 단어들의 어휘집이었다. 헤로가 마련한 이 사전은 1920년대 말에 젊은 여자들 사이에 크게 유행했던 '애완견 사전'과 매우 흡사한 것이었다. 여자들은 그 사전에 자신들이 기르는 울프하운드나 푸들, 불테리어가 알아듣는 표현들을 적어놓았다. 헤로의 사전에서도 이와 마찬가지로 꿈이 주인과 동일한 언어를 사용하지 않는 동물과 같이 취급되기는 했지만 마치 혜로 자신이 이 이상한 동물 언어의 문법을 배우기 시작한 듯 혜로의 현실 언어를 바탕으로 가끔 쓰는 꿈의 언어를 익힐 수 있었다. 그녀는 꿈의 언어에선 모든 명사가 존재하지만 동사는 현실에서 갖는 것과 같은 시제를 모두 갖지는 못한다는 결론을 내렸다.

그러나 어느 특별한 날의 아침에 그녀는 더 이상 꿈에 대해선 관심을 갖지 않았다. 3월은 2월에서 훔쳐온 날들이었으며, 안락의자 속에 채워놓은 풀들마저 마치 살아 있는 듯한 향기를 풍겼고, 그녀는 겨울방학 동안 그녀의 학생들이 프랑스어로 써서 그녀에게 보내온 엽서들을 붉은 연필로 고치며 성적을 매기고 있었다. 그녀는 성적이 부진한 학생들을 가르치는 일로 생계를 꾸리고 있었지만 지금은 학기 중이 아니었다. 그녀의 두 개의 심장이 송곳니 속에서 따로따로 뛰고 있었고, 그녀는 물고기처럼 배고픔에 시달리고 있었다. 그녀는 신문을 훑어보고 있는 동안 자신의 왼쪽 허벅지로 오른쪽 허벅지를 비비며 몸을 따뜻하게 해주고 있었다. 신문에는 다음과 같이 쓰여 있었다.

일주일에 2회, 아이들을 가르칠 프랑스어 교사 구함.
도브라치나 거리 6번지 3층.

땋은 머리로 자신의 귀를 감싼 그녀는 어느새 도브라치나 거리 6번지에 있는 건물의 3층으로 올라가 안쪽으로 자리한 입구에 서 있었다. 이곳 아파트의 집들은 집마다 햇볕이 잘 드는 곳에 자리한 창 하나와 바람이 잘 통하는 곳에 자리한 창 하나를 갖고 있었지만 여름에는 심지어 그 안의 개들에게도 심하게 좀이 슬었다. 그녀는 머리를 뒤로 젖혀 초인종을 누르며 그녀의 가방에서 립글로스를 꺼내 거꾸로 들고 아랫입술에 그것을 발랐다. 이어 아랫입술을 윗입술에 대고 비비며 자신의 머리로 또 다시 초인종을 눌렀다. 시모노비치, 그녀는 명판에 새겨진 이름을 읽으며 집안으로 들어갔다. 열 살쯤 되어 보이는 소년이 그녀를 맞아주었다. 그녀는 곧바로 그 소년이 자신의 학생이 될 것이란 사실을 알 수 있었으며, 그를 따라가며 이렇게 생각했다. '이 녀석의 엉덩이는 아주 높이도 올라가 있네. 허리에서부터 엉덩이가 시작되고 있어.'

시모노비치 부부는 그녀에게 다리가 세 개 달린 의자를 내주었다. 가장 먼저 그들은 그녀가 매달 과외비로 얼마나 받을 것인지를 결정하려 했다. 아이 한 명당 1천 디나르가 제시되었고, 그녀가 이에 동의했다. 그녀는 자리에 앉아 자신의 긴 머리를 허리쯤에 올려놓은 상태로 자신의 혀를 이용하여 이의 갯수를 세며 시모노비치 씨가 'r' 발음을 할 때마다 매번 왼쪽 눈을 깜빡이고 있는 것을 지켜보고 있었다. 그들은 날이 어두워져 밤이 될 때까지 기다렸다가 가늘고 긴 세 개의 잔에 독한 술을 따랐다.

"당신의 건강을 위하여!" 주인은 마치 자신의 혀로 뼈를 세

듯[27] 왼쪽 눈을 두 번 깜빡이며 이렇게 말했다. 헤로는 그 여자의 입술에 맴도는 무엇인가 이상하게 애원하는 듯한 미소를 눈치챈 순간 자신이 그녀의 시간을 낭비하고 있다는 것을 곧바로 느끼기 시작했다. 그곳에는 겁먹은 작은 동물에게서 느낄 수 있는 어떤 떨림 같은 것이 있었다.

'일이 이 지경까지 온 것을 보면 이 집 아이들이 어지간히 공부를 못하는가봐.' 헤로는 그렇게 결론을 내렸다. 바로 그 순간, 그녀의 손이 가볍게 잔을 스쳤다. 몇 방울의 술이 그녀의 옷으로 쏟아졌다. 술이 쏟아진 자리를 보며 그녀는 얼룩이 퍼져 나가고 있는 것을 보았고, 재빨리 작별 인사를 했다. 자리를 뜨며 그녀는 자신의 손톱이 눈이 어지러울 정도의 속도로 자라고 있는 듯한 느낌을 받았다.

바시나 거리에서 그녀는 두 권의 커다란 노트를 샀다. 그 노트는 미래의 학생들을 위해 그녀가 준비한 것이었다. 어린 시절 자신이 배울 때처럼 그녀는 각각의 페이지에 위에서 아래로 붉은 선을 그어 페이지를 둘로 나누었다. 오른쪽 칸은 프랑스어 동사의 현재 시제와 과거 시제를 기입하는 곳이었으며, 왼쪽 칸은 미래 시제와 조건문, 그리고 주절에 나란히 함께 쓰이면서 동작을 나타내는 분사를 기입하는 곳이었다.

---

27) "당신의 건강을 위하여!"라는 자신의 말 속에서 r자의 개수를 세듯. 이 소설에선 알파벳 r자가 뻐라는 말과 혼용되고 있다.

헤로는 첫 수업을 하는 날 노트를 챙겨서 도브라치나 거리로 나섰다. 바깥은 겨울의 습기가 여름의 습기로 바뀌고 있었고 집들은 지난해의 냄새를 방에 풀어놓고 있었다. 그녀가 3층에 있는 시모노비치 씨의 집으로 들어갈 때 발바닥의 한가운데 움푹하게 들어간 '아치형 부분'에서 통증이 느껴졌다.

"솔직하게 오늘이 무슨 요일인지 말해주겠니?" 그녀가 마치 뱀이 개구리를 바라볼 때처럼 자신의 학생을 바라보며 아이에게 물었다. 아이는 몹시 당황해했다. 그녀가 바라보았을 때 아이는 몸에서 김이 나면서 이상하게 땀을 흘리고 있었고 아이는 다시 그녀에게서 등을 돌렸다.

아이는 그녀를 세 개의 초록색 의자에 둘러싸인 탁자로 안내했다. 낮에는 어두운 그 방에서 램프가 불을 밝히고 있었고, 밤에는 불이 꺼졌다. 저녁때는 그 방에 앉아 있는 사람이 아무도 없었기 때문이다. 잠시 후, 둘은 차를 홀짝거리고 있었다. 그녀의 눈에 소년이 손톱으로 각설탕 한 개를 부셔 컵에 집어넣더니 이어 자신의 손가락을 빨고 있는 모습이 들어왔다. 그러고 나서 소년은 새로운 노트에 자신의 첫 프랑스어 동사를 적기 시작했다. 그들의 앞쪽 탁자에는 제3의 사람을 위한 찻잔이 놓여 있었지만 그것은 사용되지 않은 채 그대로 남아 있었다.

"선생님은 죽음이 두려우세요?" 소년이 갑자기 헤로에게 물었다.

"나는 죽음에 대해 아무것도 아는 것이 없어. 내가 아는 전부는 내가 12시 5분에 죽을 것이라는 사실이야."

"12시 5분이라니, 그게 도대체 무슨 뜻이에요?"

"그냥 내가 말한 대로야. 우리 부쿠르 집안의 사람들은 모두 가 공병이었어. 그들이 일했던 광산이나 철도 공사장, 그리고 그 밖에 다른 많은 곳에서 알려져 있는 사실 그대로 그들은 정오에 폭파되도록 폭약을 설치했어. 그러고 나면 정오에 사이렌이 울 리자마자 사람들이 모두 몸을 숨겼지. 폭약이 폭발하지 않으면 12시 5분에 부쿠르 집안의 사람들 중 한 명이 직접 가서 무엇이 잘못되었는지 살펴봐야 했어. 그리고 대부분은 그것이 그들 생 의 마지막이 되었지."

"하지만 선생님은 공병도 아닌데 왜 반드시 12시 5분에 죽게 되는 거죠?"

"그 이유는 간단해. 내가 공부하고 있는 화학 연구소가 정오 에 문을 닫거든. 나는 모두가 떠나는 12시 이후로 위험하고 금지 된 실험을 미뤄놓았다가 그 다음에 진짜 폭발력 있는 것에 불을 붙여. 모든 사람들이 내게 말하지. '너는 너의 집안사람들과 마 찬가지로 12시 5분에 죽게 될 거야'라고…… 자, 이제 정신 차리 고 공부나 시작해보자. 그렇지 않으면 앞으로 네가 되고 싶은 사 람이 될 수가 없어. 나머지 인생 동안 너희 아버지처럼 재채기를 하고 너희 어머니처럼 하품을 하며 살아가게 되는 거지."

얘기를 하고 있는 동안 헤로는 탁자 위에 놓여 있는 제3의 인물을 위해 마련되어 있었지만 사용되지 않은 컵과 노트를 바라보았으며, 다른 아이가 함께 나타나지 않은 것에 대해 크게 실망했다. 이 가족이 낸 광고와 대화에선 학생들이라는 복수가 사용되고 있었고 과외비는 학생 수에 비례하여 늘어나기 때문이었다.

'이 집 사람들은 새벽이 오기 3일 전에 일어나는가 보군.' 그녀는 그렇게 생각했으며, 이어 새로운 숙제를 내주고 아래로 내려와 밖으로 나갔다. 빗속을 걷는 동안 발바닥의 한가운데 움푹하게 들어간 '아치형 부분'의 통증이 훨씬 더 심해졌다. 그녀는 발바닥의 아치형 부분이 아래로 내려앉은 평발이었다.

하지만 무엇인가 예기치 않은 일이 일어났을 때는 발바닥의 그 아치형 부분이 아래로 내려가 평탄하게 될 시간조차 없었다. 달이 말일에 가까워지면서 개들이 풀까지 뜯어먹는 시기가 되었다. 그 시기쯤의 어느 날 아침, 처음으로 그녀는 도브라치나 거리의 그 탁자 위에서 그녀의 과외비 봉투를 발견했다. 1천 디나르가 아니라 그 액수의 두 배에 달하는 돈이 그 안에 들어 있었다. 한 명이 아니라 두 명의 과외비였다.

"왜 여기에 1천 디나르가 더 들어 있는 거지?" 그녀가 소년에게 물었다.

"그건 카춘치차의 과외비예요."

"카춘치차?"

"우리 집에 카춘치차라고 있어요."

"아주 골이 흔들리도록 머리를 세게 한번 쥐어박을까보다!

그래, 카춘치차가 누군데?"

"제 여동생이요." 귀가 목 쪽으로 움직일 정도로 넓게 퍼지는 미소를 지으며 소년이 답했다.

"그런데 왜 카춘치차는 수업을 듣지 않는 거지?"

"저도 그걸 알고 싶어요."

"어떻게 네가 그걸 모를 수가 있니?"

"저도 알 수가 없어요. 한 번도 카춘치차를 본 적이 없거든요."

"뭘 물어도 항상 오후라고 답할 녀석이네." 헤로는 그렇게 혼잣말을 지껄인 뒤 목소리를 높여 이렇게 물었다. "이 카춘치차라고 하는 네 여동생은 정말로 있는 거냐, 아니면 없는 거냐?"

"부모님은 여동생이 분명히 있다고 해요. 엄마는 누군가 그걸 의심하면 크게 화를 내요. 하지만 저는 모르겠어요. 내가 알고 있는 전부는 카춘치차의 의자가 항상 비어 있긴 하지만 매일 부모님이 4인용 식탁을 차린다는 거예요. 그리고 아침에는 카춘치차의 아침을 위해 네 번째 달걀을 삶아요. 또 부모님께선 우리 집의 애완견 콜야가 여동생의 것이라고 말씀하세요…… 지난겨울에는 부모님이 여동생의 나이가 더 이상 남자와 같은 방을 쓸 나이가 아니라고 말씀하시면서 제 방을 다른 방으로 옮겨 주셨어요……"

소년이 입을 다물었고, 헤로의 눈엔 둥근 탁자 옆에 놓인 비어 있는 제3의 의자에 시선을 고정시키고 있는 소년의 모습이 들어왔다.

"이상하죠? 그렇지 않나요?" 소년이 말을 덧붙였고, 헤로는 소년의 혀가 'r'의 발음을 하는 순간 왼쪽 눈을 깜빡인다는 것을 알게 되었다.

'이 집 사람들은 마치 사나운 바람만큼이나 크게 미쳐버린 것 같군!' 그녀는 그렇게 결론을 내렸으며, 두 배로 지불된 과외비를 집어 들고 자리를 떴다.

하지만 다음 수업 때, 그 집의 유리문에서 그녀를 기다린 것은 소년이 아니라 그의 어머니였다. 습기로부터 자신을 보호하기 위하여 그 여자는 테라스를 건너가는 동안 머리카락을 스카프처럼 이용하고 있었다. 하지만 일단 방으로 들어가자 그녀는 헤로가 익힌 4년간의 하찮은 공부로는 도저히 필적할 수 없는 유창한 프랑스어 실력을 드러냈다. 여자는 손님을 둥근 탁자에 앉히더니 그녀에게 수업을 할 때 아이들이 어렵다고 느끼는 부분에 특별히 더욱 관심을 기울여달라고 부탁했다. 말하는 동안 그녀는 마치 경비병처럼 자신의 귀를 교대로 쫑긋거리며 움직이고 있었고, 이번에도 역시 아이들이라고 복수로 언급했다. 그녀의 미소는 훨씬 심하게 떨리고 있었으며, 한 손의 손톱을 탁자의 가장자리에 걸쳐놓고 있었다. 그녀의 머리에 있는 가르마 속에선 거의 통증의 원인이 될 만한 것은 보이지 않았다. 그녀는 프랑스어 숙제에 대해 얘기를 했지만 마치 삶과 죽음의 문제에 대해 말을 하고 있는 듯이 보였다.

'내 귀가 슬픔으로 물들어 죽어버릴 것 같군!' 그녀의 말을 들으며 헤로는 그렇게 생각했다.

"물론, 우리는 아이들의 진도에 대해선 대체로 만족하고 있어요." 그 여자가 헤로를 달래기 시작했다. "하지만 아이들이 현재 시제와 과거 시제에 대해 많이 어려워하는 것 같아요. 반면에 미래 시제에 대해선 잘 알고 있더군요. 그러니 그 부분에 대해선 달리 추가로 수업을 해야 할 필요가 없는 듯싶어요……"

헤로는 자신의 긴 머리를 깔고 앉아 있었고, 그녀가 듣기에 흠잡을 데 없는 프랑스어를 구사하는 이 여자가 왜 아이들을 스스로 직접 가르치지 않고 비싼 과외비를 들여 키우는지, 그 이유를 파악하는 일이 진정 불가능했다. 바로 그때, 밝은 바깥쪽 방에서 그들이 앉아 있던 어둠 속으로 그 소년이 들어왔다. 어머니는 갔고, 그리하여 헤로는 이 사태의 장본인과 함께 자리하게 되었다. 그녀는 턱으로 소년에게 앉으라는 표시를 했으며 자신의 발을 이용하여 탁자 아래쪽에서 꼬고 있던 소년의 다리를 풀어놓았고, 프랑스어 동사의 활용형이 적힌 노트를 집어서 현재 시제와 과거 시제에 대한 소년의 실력을 테스트해보기로 결심했다. 하지만 바로 그 순간, 그녀는 다시 자신의 손톱이 미친 듯이 자라는 듯한 느낌을 받았다. 그녀가 손톱을 바라보았고, 손톱이 정말 자라고 있는 것이 보였으며, 소년을 테스트하려고 했던 노트의 오른쪽 칸에 있을 단 하나의 동사 유형도, 또 단 하나의 글자도 기억할 수가 없었다. 그녀는 기억을 되찾기 위해 노트를 펼쳤으며, 제목들을 읽으면서 소년에게 프랑스어 조동사의 현재 시제와 과거 시제를 한 번 더 말해보라고 시켰다. 소년은 답을 완벽하게 알고 있었고, 헤로는 크게 놀랐다.

"사실은 모두 알고 있으면서 학교에선 젖이 반밖에 안 나오는 젖소처럼 모른 척을 했구나. 도대체 어떻게 된 거니? 어머니가 너에 대해 걱정을 하더구나."

"내가 아네요. 엄마가 걱정을 하는 것은 카춘치차예요."

"또 그 얘기니?"

"엄마가 말씀하시길 카춘치차는 미래 시제는 완벽하게 알고 있는데 현재 시제와 과거 시제는 쉽게 익히지 못한대요. 제겐 여동생이 그걸 모른다는 것이 상상이 안 돼요. 그게 다른 두 가지보다 더 단순하고 쉽거든요…… 하지만 엄마는 카춘치차가 처해 있는 아주 힘든 상황에서 여동생을 이끌어주는 것이 선생님이 여기 계신 이유라고 했어요……"

헤로는 한참 동안 소년을 바라보며 긴 머리카락을 허리에 두른 채 깊은 생각에 빠졌다가 그 방을 떠났다. 그다음 수업 때, 그녀는 당시 유행 중이던 두 가지 색의 헤어스타일을 하고 나타났으며, 소년에게 열 편의 시를 건네주었다. 그 시들은 프랑스어 교재의 다음에 나오는 헤로와 레안드로스에 대한 내용을 번역해놓은 것이었다. 소년은 프랑스어 원문, 실질적으로는 고대 그리스의 시를 프랑스어로 번역해놓은 것을 천천히 읽어갔다.

Tant que Héro tint son regard baissé vers la terre,

Léandre, de ses yeux fous d'amour, ne se lassa pas

De regarder le coup délicat de la jeune fille……

헤로가 시선을 낮게 대지로 내려놓고 있는 동안
레안드로스는, 사랑에 불타는 눈으로, 조금도 지치지 않고
이 젊은 처녀의 섬세한 몸짓을 지켜보고 있었네……

교재를 읽던 소년은 어떤 그림을 발견하고는 읽는 것을 멈추었다.

"이 사람은 어디에서 헤엄을 치고 있는 거예요?" 소년이 물었다.

"무슨 그런 멍청한 질문이 다 있냐! 파도와 바다밖에 없는데 그가 어디에서 헤엄을 치고 있는 거겠니?"

"그러면 레안드로스가 선생님을 향해 오고 있는 건가요? 왜죠? 선생님이 헤로잖아요!"

"내가 자신의 손톱과 발톱을 뜯고 있는 그 헤로이긴 하지. 우리의 꼬마 신사분, 네게는 그런 일을 하는 것이 금지되어 있긴 하지만요."

"그런데 왜 레안드로스는 선생님을 향해 오고 있는 건가요?"

"그가 헤로와 사랑에 빠졌기 때문이지. 그녀는 그가 헤엄을 치고 있는 동안 불빛을 비춰준단다."

"그러면 선생님은 그가 두렵지 않나요? 그가 헤엄을 쳐 해변에 도착하면 어떻게 되나요?"

"그 대답은 네가 이해할 수가 없을 거야." 잘 부푼 두 개의 가

습과 귀만큼이나 깊은 배꼽, 발가락에 한 고리를 자랑스럽게 여긴 헤로가 그렇게 답했다.

"결국에는 사람들이 그에게 어떻게 하나요? 그가 헤엄을 쳐 해변에 닿았나요?"

"읽어보렴. 그럼 알 수 있을 테니…… 그는 헤엄을 쳐 해변까지 가지 못했어. 어느 이야기에 따르면 헤로의 남동생이 배 위에서 램프를 켜 또 다른 불빛으로 레안드로스를 바다 멀리 유인한 뒤 램프의 불을 꺼버렸대. 그러고선 레안드로스가 헤로로부터 멀리 떨어진 어둠 속에서 물에 빠져 죽도록 내버려두고 그는 해변으로 돌아왔다고 해."

"그건 아주 다행스런 일이네요! 선생님의 남동생이 선생님을 지켜준 거잖아요!"

"넌 어째 계속 실없는 소리냐. 선생님의 남동생은 프라하에서 음악 공부 중이시다. 남동생은 그냥 혼자 내버려두는 것이 가장 좋을 것 같구나. 계속 주의를 기울여 읽어보렴. 그렇지 않으면 아침에 일어났을 때 기분이 더러울 테니."

하지만 아침에 일어났을 때 기분이 더러워진 것은 헤로였다. 그것도 상당히 더러웠다. 그녀는 자신의 혀가 뱀의 혀처럼 갈라져 있는 듯한 느낌 속에서 깨어났다. 갈라진 혀의 왼쪽 부분으로만 감각을 느낄 수 있었으며, 오른쪽 부분은 사용할 수가 없었다. 침대에서 빠져나온 그녀는 '야생의 물'이란 이름의 향수를 어느 정도 몸에 뿌리고, 그녀의 머리카락으로 탁자의 먼지를 닦아낸 뒤, 자신의 졸업 시험에 대비한 공부를 시작했다. 공부는 어느 순간까지는 잘 진행되었지만 그 이후로는 집중이 되지 않았다. 그래서 그녀는 자신이 가르치는 학생들에게 내준 숙제를 살펴보기로 했다. 그녀는 그녀 자신이 더 이상 현재 시제와 과거 시제를 제대로 알고 있지 못하다는 사실을 깨달았다. 요컨대 노트의 오른쪽에 있는 동사의 유형은 그녀의 머리를 지끈거리게 만들었다. 하지만 왼쪽의 동사 유형은 그녀에게 점점 더 명확해졌다. 정말이지 전에는 그녀가 자신의 모국어와 프랑스어에서 미래 시제를 그런 식으로 정확하게 알고 있었던 적이 전혀 없었다. 그녀는 특히 프랑스어의 미래완료 시제에 집중하고 있었다. 그녀는 어떤 사람들은 현재에 가장 가까운 부분부터 시간을 갉아먹지만 매미나방처럼 시간의 한가운데로 날아들어 시간을 갉아먹고 구멍을 남기는 사람들도 있다고 생각했다. 그녀는 마치 머리에 두 종류의 머리카락이 있어 서로 따로 노는 듯한 느낌이 들었고, 결국은 쉬기로 결심했다……

선반 위에서 그녀는 도브라치나 거리에 처음 간 날 엎지른 술 때문에 얼룩이 진 원피스를 발견하고는 이를 가져다 세탁소에 맡겼다.

"사람과 동물을 놀라게 하면 그에 따른 반응이 있게 마련이지!" 그녀는 세탁소로 가는 중에 그렇게 중얼거렸다. "그러니 누군가가 너를 놀라게 하면 너의 어느 부분이 그 위험과 놀람에 가장 먼저, 그리고 가장 빠르게 반응을 하는지 주의 깊게 파악해둘 필요가 있어. 그러니까 그게 목소리인지, 손인지, 아니면 마음이나 눈인지, 또 머리카락인지, 그것도 아니라면 맛을 바꾸어놓는 침이나 냄새를 바꾸어놓는 땀인지 말이야…… 그리고 그 다음엔 너무 늦지 않았다면 그것을 마음에 담아두어야 해. 그런 것들은 무엇인가 너를 위협하고 있다는 것을 알려주는 전조이자 최전선의 첨병이고 또 첫 신호야."

술을 쏟았던 그날, 헤로에게선 아무런, 그러니까 우연히 잔을 스친 한쪽 손과 놀라울 정도로 빠르게 자라기 시작한 손톱을 제외하고 나면 거의 아무런 반응이 없었다. 사실 그것이 유일한 경고 신호였지만 그녀는 반년 동안 그 사실을 깨닫지 못했다. 너무 늦은 듯 여겨지고, 이미 자신이 균형을 잃은 지금에서야 헤로는 제때에 주의를 기울이지 못했던 손톱이 자라고 있는 그 손을 섬뜩한 듯 바라보고 있었다.

"아직 시간이 안 된 거야?" 대학 건물 앞에서 한 여학생이 심술궂게 그녀에게 말을 걸며 시간을 물었다. 헤로는 비록 몇 시인지 알고 있었지만 자신이 그에 답할 수가 없다는 것을 깨달았다. 그녀는 대답을 하지 않은 채 카레메그단에서 두 가지 흐름을 이루며 불어오고 있는 바람을 따라 계속 걷고 싶었지만 갑자기 불쑥 대답을 뱉었으며, 그 대답은 미래 시제였다.

"곧 12시 5분이 될 거야."

"12시 5분에 딱 걸려들지 않도록 조심해. 그런데 너 무슨 일인지 정신 나간 사람처럼 보인다." 여학생이 그렇게 답하며 멍하니 입을 벌리고 있는 그녀를 그대로 둔 채 그냥 지나갔다. 헤로의 프랑스어에서 야기된 현재 시제의 마비라는 이 문제가 그의 모국어에까지 퍼진 것이 분명했다.

'이 상태를 그대로 내버려두면 나의 현재 시제에는 이제 어떤 일이 생기게 되는 것일까? 지금 누군가 다른 사람에게도 이런 일이 일어나고 있는 것일까? 누군가 다른 사람이 지금 나의 기억들을 인계받아 그것을 상속받은 것일까?' 헤로는 공포 속에서 생각을 더듬고 있었다.

사실 헤로는 동시대의 언어와는 상이한 무엇인가 다른 언어를 사용하고 있는 듯했지만 사실 그것은 똑같은 언어였다. 그녀는 자신이 마치 망망대해의 한가운데 꼼짝 않고 멈춰 있는 배 위에 서 있는 듯한 느낌이었다. 그녀의 꿈속에 나타나곤 했던 '이빨이 세 개인' 새가 그 새의 커다란 날개로 배를 움직일 수 있는 바람을 차단하여 배의 항해를 막고 있었다. 그녀는 단추 자리에 작은 시계를 단 옷을 입고 다니기 시작했지만 아무 소용이 없었다. 그녀는 자신에게 맡겨져왔던 실험의 순서를 기입할 때, 무엇이 먼저이고 무엇이 나중인지를 알 수가 없었기 때문에 졸업 시험에서 떨어지고 말았다. 그녀의 손톱은 빠른 속도로 거칠게 자라고 있었고, 그녀는 사람들이 그녀의 행동이 그들에게 불운을 불러올 것이라고 경고했음에도 불구하고 심지어 남의 집을 방문했을 때도 그녀가 가는 어디에서나 손톱을 깎았다.

그녀는 더 이상 도브라치나 거리로 가지 않았다. 소년이 노트의 오른쪽 면에 있는 내용을 그녀보다 더 잘 알고 있었고, 자신이 점점 더 왼쪽 면, 즉 친근하고 익숙한 미래 시제의 면에 대해서만 소년을 테스트하고 있다는 것을 깨달았기 때문이었다. 하지만 그녀가 도브라치나 거리에서의 과외를 멈춘 주된 이유는 다른 데 있었으며 그것이 더 중요했다. 그녀는 어느 날 자신이 그 어두운 방의 둥근 탁자에서 소년이 아니라 반짝이는 자신의 반지를 헤로의 눈에 보여주며 반쯤 벌린 입에 미소를 머금은 채 그곳에 앉아 있는 카춘치차를 보게 되지 않을까, 그것이 두려웠다. 그녀는 자신이 전혀 놀라지 않고 마치 아무 일도 없는 것처럼 그 아이에게 과외를 해주기 시작하게 되지 않을까, 그것이 두려웠다. 그녀는 자신이 이제 더 이상 알지 못하게 된 현재 시제를 카춘치차에게 가르칠 수 없게 되지 않을까, 그것이 두려웠다. 그리고 그것이 전부가 아니었다. 소년과 그녀 두 사람이 미래 시제에 대해선 아주 쉽게 좋은 사이를 이루어가면서도, 그들에게 주어졌지만 아직 이루지 못한 수업 부분에 대해선 유대인의 체리로 만들어낸 포도주처럼 누구도 절대로 마실 수가 없는 수업이 되리란 사실을 두려워하면서도 잘 알고 있었다. 이제 제3의 의자, 소년의 의자, 그리고 현재 시제의 의자는 그들 두 사람에게 영원히 비어 있는 상태로 남게 되었다.

이런 생각들에 골몰해 있던 그녀에게 선반 위에서 그녀가 적어놓은 꿈의 기록부가 눈에 띄었다. 그녀는 거미줄을 걷어내고 노트를 펼쳤으며, 그러자 곧바로 그녀의 눈앞에서 장막이 걷혔다. 모든 것이 명확해졌다. 자신의 기록부를 유심히 들여다보다가 그녀는 심지어 꿈속에선 어느 누구나 꿈꾸는 사람의 현재 시제를 갖지 못하여 자신이 사실은 현재 잠을 자고 있다는 사실을 알지 못하지만, 꿈꾸는 사람이 잠을 잘 때는 잠을 자고 있다는 그 분명한 사실의 현재 시제와 동시에 어떤 동작의 형태를 나타내는 분사와 같은 무엇인가를 갖게 된다는 것을 발견했다. 꿈의 언어학은 꿈의 시제 속에서 부사의 존재를 분명하게 보여주고 있었으며, 현재 시제에서 미래 시제로 이어지는 길을 보여주고 있었고, 이러한 상황은 꿈을 통하여 이루어지고 있었다. 꿈은 과거 시제 역시 갖고 있지 않기 때문이다. 꿈속에선 모든 것이 아직 체험하지 못한 무엇인가와 같은 것이며, 시간에 앞서 시작된 무엇인가 기묘한 내일 같은 것이고, 미래의 인생에서 미리 가져다쓴 대출과 같은 것이며, 그런 점에서 꿈이란 (미래 시제에 묶인 상태에서) 꿈꾸는 사람이 그가 피해갈 수 없는, 바로 잠을 자고 있다는 지금의 현재를 빠져나가 실현하는 미래와 같은 것이었다.

그렇게 하여 모든 것이 갑자기 아주 쉽게 이해되기 시작했다. 헤로의 언어는 자신이 꿈의 노트에서 면밀하게 연구했던 꿈의 문법이 갖고 있는 특징과 결점을 모두 갖고 있었다. 그것은 현재 시제를 갖고 있지 않았다. 헤로는 마침내 자신의 언어 문제가 그녀가 사실상 시간 전체에 걸쳐 잠을 자고 있으며 쉽게 잠에서 탈출하여 현실로 돌아오지 못하고 있다는 사실에서 기인하는 것이라는 결론에 이르게 되었다. 그녀는 가능한 방법을 모두 동원하여 잠에서 깨려고 노력했으나 아무 소용이 없었다. 결국 어느 정도 공황 상태에 빠진 그녀는 자신이 꿈에서 탈출할 수 있는 유일한 가능성이 한 가지 있다는 결론을 내렸다. 12시 5분에 모든 사람이 떠나자마자 화학 실험실을 폭파시킬 경우, 만약 그녀가 깨어 있다면 그녀는 죽음 속에서 깨어날 것이며, 그녀가 잠을 자고 있다면 그녀의 삶, 즉 바로 그녀의 현실 속에서 깨어나게 될 것이다.

"난 그렇게 해봐야 해." 헤로는 치카류비나 거리를 따라 걸음을 서두르며 중얼거렸다. 그런데 이어 그녀는 시간이 너무 일러 12시 5분까지는 아직 30분의 시간이 남았다는 것을 깨달았다. 그녀는 자신이 원피스를 맡겼던 세탁소를 지나치고 있었다.

"잠시 들러 계산을 해야지. 그럴 시간이 있으니까." 그렇게 말하며 그녀는 그대로 행동에 옮겼다.

"여기 있습니다. 깨끗하게 세탁해놓았어요." 세탁소의 남자가 말했다. "하지만 한 가지 주의 말씀을 드리지 않을 수가 없는데, 그것은 얼룩이 아니었어요. 손님이 얼룩이라고 생각했던 여기 오른쪽에 있는 이 부분이 사실은 이 원피스에서 유일하게 깨끗한 부분이었어요……"

"저 남자 말이 맞을 수도 있어." 거리로 나가면서 헤로가 말했다. "노트의 오른쪽 면에 악마가 있어! 어쨌거나 그쪽이 왼쪽 면보다 항상 더 지저분할 거야!" 그리고 그녀는 연구소로 가 12시 5분에 연구소를 폭파시켜버리지 않고 대신 시모노비치 씨 집에서 과외를 하기 위해 곧장 도브라치나 거리로 갔다.

시모노비치 부인은 마치 교회로 인도라도 하는 듯 의기양양하게 그녀를 시모노비치 씨에게 데려갔으며, 그 또한 그녀에게 미소를 지어보였다. 그들은 헤로가 보여준 속죄의 복귀를 일종의 승리로 받아들였고, 그녀는 가족 모두가 있을 때 어두운 거실에 있는 둥근 탁자에 소년을 앉혔다. 카춘치차의 몫인 제3의 의자는 여전히 빈 채로 그곳에 놓여 있었다. 그때 헤로가 네 번째 의자를 둥근 탁자 쪽으로 끌어당겼으며, 그 행동에 크게 놀라는 가족들을 보며 '당신들의 귀가 떨어질 때까지 이런 고약한 농담을 당신들도 똑같이 겪도록 해줄 테다!'라고 생각했다.

"그것은 누구의 자리인가요?" 공포에 사로잡힌 채 소년의 어머니가 물었으며, 그녀의 미소가 마치 잔뜩 겁에 질린 햄스터처럼 떨리기 시작했다.

"이건 레안드로스의 자리예요." 헤로가 침착하게 대답했다. "그가 헤엄을 쳐서 이제 무사히 도착을 했어요. 이제부터는 그가 저와 카춘치차, 그리고 댁의 아드님과 함께 수업에 참가할 거예요. 저도 마찬가지로 매일 아침 레안드로스를 위해 달걀을 하나 삶고 있었어요."

바로 그 순간, 헤로는 자신의 주문이나 꿈, 몽상, 또는 그것이 무엇이든 그것이 그녀의 주변에서 마치 비눗방울처럼 터지고 있다는 것을 느꼈다.

"왜 그렇게 마치 젖이 반밖에 나오지 않는 젖소처럼 날 쳐다보고 있는 거니?" 그녀가 소년에게 물었다. 이어 그녀가 크게 웃었고, 그러고는 프라하에 있는 자신의 남동생에게로 곧장 떠나버렸다.

2

프라하에 있는 자신의 남동생에게로 가서 학업을 계속하겠다는 헤로의 결심은 사람들의 생각과 달리 그렇게 갑작스럽게 결정된 것은 아니었다. 비록 그녀가 아름답고 백조같이 사랑스런 목을 갖고 있었으며 한쪽 눈에는 낮을, 다른 한쪽 눈에는 밤을 담고 있었지만, 그래도 그녀는 외로웠다. 베오그라드에서 네 번째 달걀과 세 번째 의자와 더불어 꿈, 방황, 그리고 놀라움으로 가득 찬, 그러면서도 혼자 외로운 삶을 살았던 그녀는 프라하에서 그녀의 남동생과 함께 할 수 있는 그런 종류의, 말하자면 평범하고 일상적인 가족생활을 시작할 수 있기를 오랫동안 바라고 있었다. 프라하 음악원의 학생인 헤로의 남동생 마나시아 부쿠르는 이 세상에서 그녀에게 남아 있는 유일한 가족이었기 때문이었다. 헤로는 3년 동안 그를 보지 못했으며, 그 점은 늘 그녀의 마음을 무겁게 짓눌러왔었다. 그것은 그들의 가족 중 마지막 부쿠르가 오래전 어느 곳의 채석장에서 12시 5분에 생을 마감했기 때문이었다. 외로움에 지친 그녀는 편지를 통해 자신의 남동생과 계속 연락을 취하고 있었지만 편지는 아무리 자주 한다고 해도 드문드문 오고 갔다.

이 일과 관련하여 헤로가 비밀스런 문학적 욕망을 갖고 있었다는 점에 주목할 필요가 있다. 그녀의 원고를 받아주는 출판인이 전혀 없었기 때문에 그녀는 어느 정도 번역일을 하기로 결심했고, 이는 돈벌이가 되었다. 그녀는 아나톨 프랑스나 피에르 로티, 로베르트 무질의 소설 등 자신이 번역한 문장들 사이에 아무도 출판을 원치 않았던 그녀 자신의 짧은 이야기 중 하나나, 최소한 이들 이야기의 일부분을 끼워 넣곤 했다. 그러므로 그녀는 자신의 다양한 번역을 통하여 마침내 다른 사람들의 소설 속에서 그녀 자신의 이야기 전체를 책으로 출판한 셈이었다.

헤로가 번역한 소설이 한 신문에 연재 형식으로 실리거나 책으로 출판될 때마다 그녀는 문장 가운데 있는 자신의 삽입문에 립스틱으로 표시를 하여 그 전체를 편지의 형식으로 프라하에 있는 자신의 남동생에게로 보냈다. 흥미로운 점은 삽입된 이들 문장에는 항상 이들 남매만이 이해할 수 있는 비밀 메시지가 포함되어 있었다는 사실이다.

헤로는 시를 좋아하지 않았다. 그녀는 이렇게 말하곤 했다.

"시가 작가에게 벌로 주어진 것이라면 산문은 용서로 주어진 것이다."

헤로가 아나톨 프랑스의 소설을 번역한 것이나 다른 번역서 속에 뻐꾸기 알처럼 교묘히 삽입해놓은 이야기는 그녀가 자신의 남동생과 나눈 서신의 하나이기도 했다. 그 이야기는 다음과 같았다.

피터 드 비트코비치 대위 이야기

1909년 가을의 어느 날 아침, 오스트리아 – 헝가리군의 공병 부대 대위인 귀족 출신의 피터 드 비트코비치 씨는 군대의 나팔 소리가 울렸을 때 자신의 침대가 아니라 누군가 다른 사람의 영혼 속에서 깨어났다.

인정하건데, 처음에 언뜻 보았을 때 그것은 상당히 넓은 영혼이었지만 환기가 잘 되지 않았고 지나치게 낮은 둥근 천장을 갖고 있었다. 요약을 하자면 다른 사람들의 것과 비슷한 영혼이었지만 분명히 낯선 사람의 영혼이었다. 영혼의 조명은 드 비트코비치 대위 자신의 이전 영혼에 비하면 어느 정도 더 밝았지만 그럼에도 불구하고 그가 이 낯선 사람의 영혼에서 모서리나 가장자리에 예기치 않게 부딪히는 일은 없을 것이라고 장담할 수가 없었다. 대위는 인생에서 가장 중요한 일은 제때에 쉰 살이 되는 것이라고 믿고 있었지만 그럼에도 불구하고 무엇인가 마음이 불편한 느낌이었다. 비록 그의 호송병, 다시 말하여 군복을 입고 소총을 든 두 명의 경비병은 알아채지 못하고 있었지만 그는 자연스럽게 즉각적으로 그러한 변화를 눈치챘다. 이러한 변화는 사람들이 군 검찰관인 코치 중령이나 드 비트코비치 대위의 공판이 진행되는 동안 피조사자가 재판과 관련된 사건이나 사람, 혹은 상황을 실명으로 털어놓기 시작할 때마다 숨이 멎을 듯한 경련을 느꼈던 수사 재판관 폰 팔란스키 소령도 눈치채지 못하고 지나갈 수 있을 정도의 것이었다고 얘기할 만한 것이었다.

재판부와 수사팀의 이러한 부주의에도 불구하고, 아니면 아마도 정확히는 그런 부주의와 부주의한 그들 때문에 드 비트코비치 대위의 문제는 점점 더 복잡해져가고 있었다. 그가 무기징역을 선고받고(외세, 즉 세르비아 왕국의 군 대표와 긴밀한 관계를 유지했다는 죄목으로) 열차편을 통해 비엔나에서 징역을 살게 될 페트로바라딘으로 긴급 호송되었다는 사실을 제외하더라도 피터 드 비트코비치 대위는 현재 낯선 사람의 영혼이라는 한층 더 심한 불편을 겪고 있었다. 여기엔 최소한 두 가지 불편이 있었다. 첫째, 당연히 그는 그 자신의 영혼은 어디에 있으며, 또 튼튼하고 긴 쇠사슬을 차고 두 명의 호송병에게 감시를 당하고 있는 그가 낯선 사람의 영혼(현재 그에게 할당이 된) 속에서 페트로바라딘으로 이동하고 있을 때 그 영혼에 어떤 일이 일어난 것인가가 궁금했다. 이 낯선 사람의 영혼 속에서(이 점에 대해선 더 이상 의심할 구석이 없었다) 그는 점점 더 몸이 불편해져가고 있다는 것을 느끼고 있었다. 그는 자신의 위치를 전혀 알 수가 없었으며, 다른 사람의 영혼 속으로 이동을 할 때 방향을 확인할 수 있는 군용 나침반이 있는지도 확실하게 알 수가 없었다.

이런 생각들에서 벗어나면서 드 비트코비치 대위는 갑자기 열차의 객실 유리창에 비친 자신의 얼굴에서 자기 아버지의 피곤에 지친 눈을 떠올리게 되었으며, 바로 그 순간 그는 지금 자신에게 맡겨져 보관되고 있는 이 영혼의 주인에게 무슨 일이 일어난 것일까가 궁금해졌다. 그 사람은 무엇을 하는 사람이었으며, 누구였으며, 사는 곳은 어디였고, 또 자신의 영혼을 다른 사람에게 맡기기 전에 어디로 사라진 것일까? 하지만 가장 최악의 문제는 현재 감옥의 바닥에 바글대는 이와 함께 이동을 하고 있는 대위의 처지에서 이 낯선 사람의 영혼이 대위의 습관과 새로운 현재의 삶에서 야기되는 복잡한 상황에 어떻게 반응할 것인가를 전혀 알 수가 없다는 점이었다.

예를 들어 낯선 사람의 영혼이 그의 만성적 치통이나 그가 가끔 감옥의 쥐를 잡아 구워먹는 것에 어떻게 반응을 할 것인지를 짐작한다는 것은 불가능한 일이었다.

바로 그때 열차 속, 그의 뒤쪽 어딘가에서 마치 노래의 음표가 갓 감은 머리카락 사이를 파고들기라도 하는 것처럼 비탄에 잠겨 노래를 부르기 시작한 고음의 목소리가 들려오기 시작했고, 그 목소리를 듣는 순간 대위의 생각은 갑자기 끊기고 말았다. 그리고 마치 그 목소리에 반응이라도 하듯 드 비트코비치 씨의 치통은 더욱 악화되었으며, 낯선 사람의 영혼은 노래의 모든 음에 대해 전율을 금치 못하고 있었다. 그것으로 미루어 대위는 이 낯선 사람의 영혼이 매우 음악적 재능이 뛰어나다는 것을 곧바로 알아차릴 수 있었으며, 그것은 자신의 영혼에선 분명 찾아볼 수 없는 재능이었다…… 그래서 지체 높은 드 비트코비치는 이 새로운 영혼에 대해 조금 더 알아보기로 결심했다. 다시 말하여 확실히 그를 품고 있고, 당연히 그에게 완전히 낯선 이 미지의 영역을 살펴보기로 한 것이다. 그리하여 쇠사슬로 묶인 채 열차의 의자에 앉아 있던 그는 열차 안을 한 바퀴 돌아보기로 했다.

그렇게 움직이다가(앞이 안 보이는 상태여서 다른 사람의 영혼을 통해서 움직이는 것만이 유일한 방법이었다) 드 비트코비치 대위는 어떤 창문을 우연히 마주하게 되었다. 흔히 볼 수 있는 평범한 창문이었다(창문을 한동안 바라보며 그는 '그래, 영혼들 역시 창문을 갖고 있지'라고 생각했다). 다른 점은 아무것도 없었다. 전혀 아무것도 없었다. 하지만 이 영혼 속 현실의 창은 드 비트코비치 대위의 인생에서 접했던 다른 창은 전혀 갖고 있지 못했던 완전히 새로운 의미를 보여주고 있었다. 단순히 가운데 부분에 잠금장치나 손잡이를 갖춘 나무 십자가 형태를 보여주고 있던 이 창문이 드 비트코비치 씨와 그밖에 세상 모든 사람들의 삶과 시간에 대한 설명을 담고 있었다. 가우스의 제자이며 18세기의 유명한 물리학자였던 아타나스 스토이코비치는 이미 2세기 전에 하나가 아니라 두 개의 영원이 존재한다는 사실을 알고 있었으며, 드 비트코비치 대위는 물리학이 사관학교의 교과 과목 중 일부였기 때문에 이를 완벽하게 알고 있었다. 이들 두 개의 영원(신으로부터 나오는)이 창문에선 수직의 창틀로 묘사되어 있었다. 반면 단순한 시간(악마에게서 나오는)은 창문에서 수평의 창틀로 구현되어 있었다. 영원과 시간이 교차하는 지점은 작은 창문 손잡이나 잠금장치로 표시되어 있었다. 그리고 바로 그 안에 삶의 비밀, 즉 삶의 열쇠가 있었다. 시간과 영원이 교차되는 바로 그 지점이 현재의 순간이었으며, 그 현재의 순간 속에 삶이 홀로 놓여 있었고, 그것은 교차 지점에선 시간이 멈추어 있기 때문이었다.

비트코비치 씨의 생각은 계속 이어졌다. "우리들이 이 지상에 존재할 수 있는 것은 이 우주라는 공간에서 시간이 정지한다는 것을 알아냈기 때문이다. 그 시간이란 이른바 길들여진 시간일지도 모르겠다. 고대의 원시인들은 흘러가는 시간 안에서는 인생이 태어날 수 없고, 인생은 어느 한순간 공중에 매달린 시간 안에서만 가능하다고 보았다. 그 유명한 비잔틴 수도승들의 말에 따르면 신의 은총으로써 쇠약해지는 법이 없는 빛의 형태로 주어지는 것이 영원이며, 이와 달리 교회의 왼쪽 절반에 자리 잡고 살고 있는 악마가 가져오는 것이 시간이다. 그렇다면 영원과 시간이 교차하는 바로 이 지점에서, 황금분할이 이루어질 것 같다. 시간과 영원의 교차점에서 시간은 일단 정지하고, 이 시간이 영원의 축복을 받아 현재가 되는 것이다. 이곳을 제외하고는 과거에도 미래에도 인생은 존재하지 않는다."

이렇게 되면 누구나 "시간은 어디에서 오는 것인가?"라는 질문에 대한 답이 "시간은 죽음에서 오는 것이다"라고 결론을 내릴수 있게 된다. 왜냐하면 죽음의 존재를 전제로 시간이 흘러가는것이기 때문이다. 따라서 죽음이 소멸하면 시간 역시 소멸하게된다. 그러므로 죽음이 마치 거미처럼 우리의 시간을 엮어내고있는 것이다. 만약 시간이 멈춘 현재에 사로잡힌 상태를 삶이라고 한다면 시간이 흘러가는 영역에 사로잡힌 것이 죽음이 된다. 다시 말하여 죽음의 영역에선 시간이 흐르고, 삶의 영역에선 시간이 정지하며, 보다 정확히 시간은 영혼의 창문에서 영원과 시간이 교차하는 지점에서 멈춘다……

이때쯤 드 비트코비치 씨는 쇠사슬이 피부를 파고드는 것을느꼈고, 자신의 탐구를 포기하지 않을 수 없었다. 그러한 생각들과 기차 안을 돌아다니는 행위는 그리 오랫동안 그를 고문하진못했다. 3일 동안의 이동 뒤, 그들은 페트로바라딘에 도착했으며, 수염은 헝클어져 있었고, 다리는 뻣뻣했다. 거대한 강의 강둑에 자리한 이 지역은 대위가 살아서 보았던 마지막 지역이었다. 호송병 중 한 명이 위로인지, 협박인지, 교훈적 얘기인지, 아니면 그 셋 모두에 해당되는 얘기인지 정확히 알 수 없는 무슨말인가를 그에게 해주었다.

"인간의 삶은 이상한 경주이다. 목표가 그 경주로의 끝이 아니라 중간에 있다. 당신은 달리고 있고, 이미 오래전에 그 목표를 지나쳤지만 그것을 모르고 있을 수도 있다. 심지어 당신은 그때가 언제였는지도 알 수가 없으며, 그것이 언제가 될지도 알아낼 수가 없다. 그래서 당신은 그냥 계속 달릴 뿐이다."

죄수들에게서 쇠사슬이 제거되었다. 그는 사다리를 타고 지하 감방을 향하여 아래쪽으로 내려갔으며, 그곳의 계절은 영원한 가을이거나 좀 더 정확히 영원한 가을밤이었다. 햇빛이 전혀 들어오지 않기 때문이다. 그의 머리 위에서 천장에 나 있는 작은 문이 닫히기 전에 드 비트코비치 대위는 차가운 철재 막대로 만들어진 군용 침대와 벽에 걸린 가톨릭의 십자가상(비록 대위 자신은 동방정교회를 믿고 있었지만), 그리고 깊고 어두운 땅굴로 이어지는 구멍의 앞쪽으로 삐걱거리는 커다란 쇠창살이 걸쳐 있는 것을 볼 수 있었다. 그 구멍 옆에 탁자가 놓여 있었으며 그 위엔 아직 불을 켜놓지 않은 양초와 글을 쓸 수 있는 종이, 스미스-코로나라는 상표의 타자기가 놓여 있었다. 침대 위에는 체코 번역판의 성경책이 놓여 있었다(비록 드 비트코비치 씨가 세르비아인이긴 했지만).

천장에 달려 있는 문이 그를 향하여 쿵 소리를 내며 닫혔을 때, 두 가지 불안한 생각이 드 비트코비치 대위를 엄습했다. 첫째, (법적으로 보았을 때) 낯선 사람의 영혼에 대해(이번 경우, 인정하건데 형을 선고받은 사람인 그 자신이 들어가 살게 된) 무기징역을 선고할 수 있는 것일까? 어떤 억울하기 이를 데 없는 법적 실수를 피하기 위하여 누군가 이 복잡한 상황에 대해 법원 조사관의 주의를 환기시켜야 하지 않았을까? 그리고 둘째, 이 새로운 영혼은 수 킬로미터를 퍼져나가고, 그 뒤에 또 그의 주변 양쪽 세계로 수 마일을 퍼져나가 그 자신의 영혼과 마찬가지로 동방정교회의 신앙을 갖게 되는 것일까, 아니면 개신교나 심지어 가톨릭 신앙을 갖게 되는 것일까? 이는 중요한 문제였다. 왜냐하면 피터 드 비트코비치 대위는 심판의 날, 악마들이 이 낯선 사람의 — 이 영혼이 누구의 영혼인지는 또 어떻게 알 수 있을까? — 영혼에 대해 그의 영혼이 회교도인지, 아니면 어느 정도 유대교 지도자에 가까운 것인지, 자신처럼 약간 동방정교회 영혼의 그것인지 판단을 분명하게 내려줌으로써 그에게 선고가 내려지자마자 하늘로 승천할 수 있기를 원했기 때문이었다.

그래서 드 비트코비치 대위는 지하감옥과 그 위에 자리한 페트로바라딘의 땅에 갇힌 자신의 육체라는 한계 내에서 이 낯선 사람의 영혼을 계속 주시해보기로 결심했다. 말하자면 육안으로는 보이지 않는 지상의 다뉴브 강도, 그것보다는 조금이라도 더 보이는 자신의 생명도 이제는 이 영혼을 통해서 흘러가고 있으므로 이 새롭고 낯선 영혼을 계속 살펴보기로 결심한 것이다.

하지만 그가 지켜보고 있는 유일한 사람은 아니었다. 또 다른 눈이 계속 그를 주시하고 있었다. 침대에 앉아 있는 대위는 물론 비록 그가 이미 형을 선고받기는 했지만 자신이 관계된 전체적인 군사 사건과 관련하여 그로부터 추가 자백이나 정보가 나올 수 있다는 기대가 있으며, 심문관인 폰 뮐크 소령이 자신의 죄수가 추가로 자백을 하며 타자기 옆에 가지런히 쌓아둔 한 연의 종이를 채워줄 것이라는 강렬한 기대 속에 양초와 타자기를 남겨두었다는 사실을 잘 알고 있었다. 때때로 그 심문관은 감방의 천장에 있는 그 문을 들어 올려 마치 검은 밀처럼 많은 털이 난 작고 노쇠한 몸의 남자를 내려다보곤 했다. 그때면 그는 세월이 자신의 얼굴보다 죄수의 얼굴에서 더 빠르게 지나가고 있는 것은 아닌지 궁금해하곤 했다. 하지만 그는 자신이 사무적 관심사로 바라보고 있던 이 남자의 몸이 오직 다른 사람의, 그러니까 제3의 영혼을 통해서만 볼 수가 있고, 그 제3의 영혼이 사건의 전모에 대한 공식적 파악을 위협하면서 드 비트코비치 대위의 전체 사건에 예기치 않은 어려움을 불러오리란 것을 꿈에도 알지 못하고 있었다. 물론 감시병들은 죄수의 행동에서 파악할 수 있는 어떤 변화도 심문관에게 보고하라는 가장 엄격한 명령을 받고 있었으며, 그들은 조금도 방심하지 않고 그들의 희생물을 주시하고 있었다. 그에 반하여 그는 할 수 있는 한 자신이 놓여 있는 곳의 가장 밑바닥에서 이 낯선 사람의 영혼을 계속 주시하고 있었다.

이러한 상호 관찰 속에서 어느 화창한 날의 아침이 올 때까지 시간은 빠르게 흘러갔다(드 비트코비치 씨는 그 자신은 전혀 알지 못했고, 또 알 수도 없었는데 반하여 이 낯선 사람의 영혼은 바깥에 화창한 아침이 밝았다는 것을 알고 있다는 사실을 눈치챘다). 그날 아침, 대위는 자신이 현재 그 안에 앉아 아침을 먹고 있는 이 낯선 삶의 영혼이 그 자신의 실제 영혼보다 현저하게 느리다는 결론을 내렸으며, 그 결론에는 반박의 여지가 없었다. 그리고 이어 어느 날 밤(그게 밤이었다면) 드 비트코비치 대위는 기침 소리에 깨어났다. 그의 감방을 채운 농밀한 어둠 속에서 누군가가 기침을 하고 있었다. 낯선 사람의 영혼은 일종의 형이상학적 감기에 걸려 기침을 하고 있었다. 하지만 이것이 드 비트코비치 대위의 걱정은 아니었다. 그는 무엇인가 다른 것이 걱정이었다. 기침 소리는 이 새로운 영혼이 남자의 영혼이 아니라 여자의 영혼이란 것을 확연하게 알려주고 있었다.

'아마도 남자와 여자의 영혼이 죽음처럼 짝을 지어 다니는 모양이군.' 드 비트코비치 씨는 그렇게 생각했으며, 그때 처음으로 타자기 앞에 앉았다. 그는 타자를 치기 시작했으며 그와 같은 일이 발생하면 어떤 일이 있어도 그를 방해하지 말 것이며, 심지어 쳐다보지도 말라는 엄한 명령을 지시받았던 감시병들은 열심히 자신들의 귀를 기울이는 것에 만족해야 했다.

"마침내 시작되었다." 심문관 폰 뮐크가 소리쳤다. 그의 코에서 마치 복부에서 소리가 나듯 콧바람이 빠져나가는 소리가 났으며, 그는 직접 타자 소리를 들어보기 위해 서둘러 자리에서 일어났다. 비록 이따금 멈추기는 했지만 타자를 치는 소리가 빠르게 흐르고 있었다. 드 비트코비치 대위는 어떤 자판에선 잠시 동안 멈추기도 하고, 어떤 때는 한 번에 여러 개의 자판을 치기도 했으며, 또 자판을 몰아서 치기도 했다. 하지만 드 비트코비치 씨처럼 대부분의 경우 엄지손가락의 길이로 자기 아내의 모든 몸 치수를 기억하고 있는 누군가가 보았을 때는 일이 아주 잘 진행되고 있었다.

그 죄수를 방해하면 안 되기 때문에 감시병들은 무슨 일이 있어도 이미 쓰인 그 보고서나 자백, 또는 매일 아침 대위가 타자로 친 그 어떤 것도 수집하지 말고 그냥 단순히 그에게 정기적으로 새로운 양초를 갖다 주기만 하라는 명령을 받고 있었다.

하지만 그때 조사관과 그의 상급자들이 걸고 있는 기대를 모두 물거품으로 만들 정도로 위협적이고 예기치 않은 무슨 일이 일어났다. 드 비트코비치 대위가 자신을 감싸고 있는 낯선 사람의 영혼 속에서 가장자리 끝부분에 앉아 타자기를 치고 있는 동안 감시병 중의 한 명이(그는 아주 똑똑하지는 않았지만 감방의 촛불이 꺼지지 않도록 해야 한다는 것쯤은 알고 있었다) 금지 명령을 어기고 작은 구멍을 통하여 감방 안을 엿본 것이다. 그 감시병은 자신이 본 것, 아니 보다 정확히 자신의 눈에 아무것도 보이지 않는다는 것에 크게 놀랐으며, 즉각 조사관을 불러 그 역시 그 사실을 알 수 있도록 해주었다. 드 비트코비치 대위는 칠흑 같은 어둠 속에 앉아 타자를 치고 있었다. 그는 전혀 초를 켜놓고 있지 않았으며, 밤낮을 완전히 어둠 속에서 보내며 암흑 속에서 자판을 손으로 감지하며 타자를 치고 있었다.

'촛불의 가장 중요한 점은 무엇일까?' 그는 자신을 감싸고 있는 낯선 사람의 영혼 속에서 무슨 일을 하든 어둠을 더듬어 방향을 찾아야 했던 이래로 항상 이런 생각을 했었다.

하지만 조사관 폰 묄크는 이러한 사태의 변화가 전혀 불만스럽지 않았다. 그는 대위가 어둠 속에서 타자를 치는 것이 이 사건과 관련하여 의심이 가는 또 다른 자들을 조사하는 데 있어 매우 유용할 것이라고 기대하고 있었다. 그리하여 그는 드 비트코비치 씨의 감옥 내 일상을 바꾸지 말라는 명령을 하달했다. 그는 군대에 있어서 실패의 절대 법칙을 알고 있었다. 그것은 눈물을 삼키면서 어떤 일을 고집스럽게 계속하는 것이다. 그래서 매일 저녁 드 비트코비치 대위는 자신의 군용 침대에 누워 침대 옆에 있는 철제 의자의 팔걸이를 굳게 잡고 낯선 사람의 영혼과 함께 잠에 들 수 있었다. 세르비아인이 모두 그렇듯이 그는 절대로 용서하지 않았지만 곧바로 잊었으며, 그 때문에 그의 잠은 방해받지 않았다.

하지만 이러한 일상은 갑자기 중단되고 말았다. 세르비아와 오스트리아 사이에 충돌이 발생하면서 이 충돌이 제1차 세계대전의 계기가 되었고, 그러면서 피터 드 비트코비치 대위 사건이 재검토되어 그에 대한 선고가 달라졌기 때문이다. 어느 날의 이른 저녁, 대위는 총살형 집행 부대가 기다리고 있는 성벽으로 끌려갔다. 그는 그들이 조준을 하고 총을 쏘는 소리를 들었다. 그는 처형되었다. 처음의 일제 사격으로 그는 그 자리에서 곧바로 숨을 거두었다. 두 번째 사격은 필요치 않았다. 장교가 그에게 다가가 죽은 것을 확인하더니 이어 자리를 떴다. 그들은 대위의 시체를 시큼한 땀 냄새가 나는 노새에 실어 어떤 나무 아래쪽으로 옮겼다. 세 명의 병사가 파놓은 구덩이가 있는 그곳에서 그들은 그를 땅속에 묻었고, 가끔 하던 일을 멈추고 모자로 땀을 훔쳤다. 마침내 무덤이 흙으로 덮였으며, 다뉴브 강의 물결이 거세게 밀려와 요새 기슭의 바위에 부딪쳤고, 대위는 여전히 약간 이가 아팠다.

그의 감방에 있던 탁자 위에서 타자로 친 한 뭉치의 종이가 발견되었다. 즉각 오스트리아에서 가장 유능한 암호 해독 전문가가 동원되어 이들 남겨진 종이를 대상으로 광범위한 조사 활동을 벌였고, 이 종이들에는 어둠 속에서 타자기로 아무렇게나 쳐놓은 글자들이 찍혀 있었다. 전혀 아무 의미가 없었으며 그것을 해독할 수 있는 비밀의 열쇠도 있을 수가 없었다. 앞이 안 보이는 상태에서 쓴 이들 글자들은 어떤 비밀스런 의미도 갖고 있지 않았으며, 어떤 숨겨진 메시지나 드러난 메시지도 전하고 있지 않았다. 예를 들자면 다음과 같은 글에서 무엇을 짜낼 수 있다는 말인가.

JIJK, KOL, OHJZFE, WFZGDGEHS……

헤로는 이와 같은 글을 당시 그녀가 번역을 하고 있던 로티나 누군가 다른 사람의 책 속에 끼워넣었으며, 책이 출판되자 초판본을(늘 그래왔듯이 끼워넣은 글에 립스틱으로 슬쩍 표시를 해서) 프라하에 있는 자신의 남동생에게 보내주었다. 이미 얘기했듯이 이것은 남매 사이에 오간 일종의 비밀스런 서신이었다. 그는 표시한 부분을 곧바로 발견하고 살펴보다가 마지막 부분에서 시선이 멈추었다. 그 부분에서 헤로는 스미스-코로나 타자기를 두드려 쳐놓은 어느 부분에 밑줄을 그어놓고 있었으며, 그것은 실제로는 불운한 드 비트코비치 대위가 적어놓은 기록이었다.

헤로의 남동생인 마나시아 부쿠르는 웃음을 터뜨렸고, 지체 높은 드 비트코비치 씨가 기록해놓은 것이 요한 세바스찬 바흐의 3성 인벤션 f단조곡[28]을 피아노 대신 타자기로 연주한 것이라고 답장을 보냈다……

이 편지 이외에도 헤로의 여자 친구들 중 한 명이 갖고 있는 편지들 속에서 이탈리아로 떠났던 이들 부쿠르 남매의 여행 이야기를 잘 보여주는 다음과 같은 완벽한 일상적 편지가 발견되었다.

헤로는 편지에서 이렇게 적어놓고 있었다. "지난해, 남동생과 나는 빠른 성 니콜라스 축일과 늦은 성 니콜라스 축일 사이의 겨울과 봄을 이탈리아에서 보냈다. 우리에게 필요한 돈을 벌기 위하여 남동생은 저녁때 열광하는 손님들이 코앞에서 보는 가운데 두 명의 젊은 여자들이 옷을 벗었다가 서로에게 옷을 입혀주는 한 술집에서 연주를 했다. 연주가 없는 저녁이면 그는 나를 콘서트와 극장에 데려갔다. 우리는 로마에서 지냈고, 아침은 그 지역 빈민가의 한 식당에서 먹었다. 어느 날 아침, 신문에 실린 한 극장의 광고가 남동생의 시선을 사로잡았고 그가 그것을 내

---

28) 바흐가 작곡한 피아노 연습곡 중 하나.

게 보여주었다. 그것은 무사에우스가 쓴 〈헤로와 레안드로스의 사랑과 죽음〉이라는 연극 초연에 사람들을 초대한다는 이비쿠스 극단의 광고였다.

"남동생이 내게 '이건 뭔가 누나에 관한 것 같네'라고 농담을 했으며 우리는 표를 구입하러 나갔다. 광고는 연극이 공연 중인 거리를 알려주고 있었으며 고대 그리스 시인들에게서 가져온 몇 줄의 시를 인용해놓고 있었다. 인용한 시구절은 다음과 같았다. '이 세상에서 살고 있는 한 인간은 두 개의 아니오 사이에서 선택을 하게 된다.' 극장은 이름이 이상했으며(소년의 극장이었다), 남동생과 내가 전에 한 번도 들어본 적이 없는 극장 이름이었다. 우리는 택시를 탔으며 찾아간 곳에서 피아노의 건반처럼 특별한 방식으로 울리는 계단으로 가득 차 있는 좁은 뒷길을 발견했다. 우리의 택시 운전사는 그곳에 극장이 있다는 얘기를 한 번도 들어본 적이 없다고 했다. 하지만 우리는 주소를 갖고 있었고, 택시 운전사는 이 작은 거리에서 이 거리와 나란히 흐르는 좀 더 넓은 거리로 이어지는 통행로가 있으며, 아마 그곳에 입구가 있을지도 모르겠다고 말해주었다. 그리하여 우리는 그 주소지를 찾아내고 벽에서 연극을 알리고 있는 두 개의 포스터를 보게 되었으며, 주의 깊게 그것을 읽어볼 수 있었다. 첫 포스터에는 무사에우스의 이야기 가운데서 연극용으로 개작한 대본에서 발췌한 내용이 포함되어 있었다.

레안드로스   나는 오늘까지 3일 동안이나 죽어 있었어. 너는 어때?

헤로   우리가 무엇인가를 보지 못하게 되어 그것을 잊어버린 뒤 그것, 그러니까 잊어버린 그 무엇인가를 떠올리려고 애쓸 때 우리의 기억을 지우며 퍼져나가는 이 공허함은 그것이 갖고 있던 실제의 균형을 잃게 만들고 말지. 공허함은 망각의 장막 뒤쪽에서 바뀌고 자라나 점점 커지지. 그리고 마침내 우리가 잊어버린 그것을 떠올리게 되었을 때, 우리는 그것이 그 모든 노력을 기울여 그것을 기억해내려고 애써야 할 만큼 가치가 없었다는 것을 알고 실망하게 되지. 우리의 영혼도 똑같아서 우리는 매 순간 그것을 보지 못하고 잊고 있지.

레안드로스   오직 영혼만이 심지어 죽음 뒤에도 자랄 수가 있지. 마치 손톱처럼. 하지만 죽음이 지속되는 한 길게, 더 길게 자라게 되지. 하지만 조심해야 해. 너의 죽음은 더 젊어질 수도 있거든. 지금의 너보다 훨씬 더 젊어질 수가 있지. 과거로 수백 년을 돌아갈 수도 있지. 그 다음엔 다시 나의 죽음이 지금의 나보다 훨씬 더 늙어가면서 지금부터 앞으로의 수 세기 동안 지속될 수 있지……

"헤로와 레안드로스에 관한 연극을 알리고 있는 또 다른 광고 포스터는 더 이상했다.

헤로와 레안드로스의 시적 이야기에 참고한
필사본과 출판본 목록

_문법학자 무사에우스

(이비쿠스 극단의 무대 공연을 기념하며)

BAROCCIANUS 50 10세기.

E CUIUS 가문 소장본:

    VOSSIANUS GR. Q. 59 1500년경.

    ESTENSIS III A 17 15세기.

    ESTENSIS III C 12 PARS ANTIQUA (U. 250-343) 14세기.

    HARLEIANUS 5659 15세기 후기.

    PARISINUS GR. 2600 16세기 초기.

NEAPOLITANUS II D 4 16세기.

E CUIUS 가문 소장본:

    PALATINUS HEIDELBERGENSIS GR. 43 14세기.

VATICANUS GR. 915 13세기 후기. UEL POTIUS 14세기 초기.

    MARCIANUS GR. 522 15세기. VATICANI GR. 915

    APOGRAPHON.

PRAEBENT TANTUM U. 1-245:

    PARISINUS GR. 2763 15세기 후기.

    LEIDENSIS B.P.G. 74 C 15세기.

AMBROSIANUS S 31 15세기 후기 이후.

PARISINUS GR. 2833 15세기 후기.

LAURENTIANUS LXX 35 15세기.

RICCARDIANUS GR. 53 15세기.

ESTENSIS III C 12 PARS RECENTIOR (U. 1-245) 15세기.

중세 이후 고문서:

PRAGENSIS STRAHOVIENSIS 30 15세기.

BAROCCIANUS 64 16세기.

AMBROSIANUS E 39 16세기 이후.

GOTHANUS B 238 17세기 초기.

출판본:

EDITIO PRINCEPS ALDINA, VENETIIS EXCUSA 1494년경.

EDITIO FLORENTINA JOH. LASCARIDE AUCTORE 1494년경.

"이것이 우리가 이비쿠스 극단을 찾아낸 방법이긴 했지만 공연 중이라는 소년의 극장을 찾아내는 것은 훨씬 더 어려웠다. 우리가 어느 지하실로 내려갔을 때 택시 운전사가 '아멘'을 세 번이나 되풀이했다. 이어 우리가 다락까지 올라가 봤으나 그곳은 비어 있었다. 정말이지 그 건물은 성인을 위한 출입구와 어린이용의 또 다른 출입구, 그리고 심지어 좀 더 넓고 밝은 거리로부터 떨어진 곳에 제3의 '여성용 출입구'까지 두고 있었고, 우리가 간신히 통과할 수 있는 곳까지 들어가 보았으나 그곳에도 역시 극장 같은 것은 없었다. 그러한 극장에 대해 들어본 사람도 전혀 없었다. 그때쯤 이르러 우리는 포기를 하고 말았지만 며칠 뒤 남동생이 내게 무사에우스 작의 시적 이야기로 이루어진 헤로와 레안드로스 연극 공연을 광고하고 있는 신문을 다시 내게 보여주었다. 하지만 그것이 전부가 아니었다. 신문에는 아울러 일레아나 본지오르노가 쓴 이비쿠스 극단의 작품에 대한 평이 실려 있었다. 평은 주인공 역을 맡은 젊은 이레나 프랄의 훌륭한 연기에 대해 찬사를 보내고 있었다. 우리는 이번에는 다양한 극장의 표를 판매하고 있는 로마 중심가의 매표소를 찾아가 소년의 극장에 대해 물어보았다. 그들은 그런 연극의 입장권은 없다고 했다. 표를 판매하고 있던 여직원이 눈썹이 코밑수염보다 더 커서 마치 코가 거꾸로 뒤집힌 듯 보이는 나이 든 남자를 불러서 물어보았는데 그는 기억을 하고 있었다. 우리가 찾아 헤맸던 그곳에 실제로 언젠가 극장이 있었지만 소년의 극장으로 불리지는 않았다고 했다. 그는 그것이 연극의 제목이었지 극장의 이름은 아니었다고 기억하고 있었지만 오래전에 그곳에서 피란델로의 연극 중 하나를 본 적이 있다고 했다. 아니, 보다 정확히 그가 본 것은 연극의 반주를 해주는 피아니스트였으며 그는 마치 건반 위에 놓인 책을 읽기라도 하는 양 1분 정도 연주를 멈추었다가 손가락에 불이라도 붙은 듯 다음으로 건너뛰고, 또 때로는 발로 피아노 아래쪽에서 신발을 찾기라도 하듯 몸을 뒤로 젖히기도 했으며, 그렇지 않으면 또 딱딱한 그의 의자를 떠나지 않고 발끝으로 자신의 몸을 위로 들어 올려 팔꿈치와 무릎을 높이 들어 올리기도 했다고 했다……

"나이 든 남자의 얘기를 다 듣자마자 남동생과 나는 새로 받아든 주소로 찾아갔으며 정말 그곳에 있었던 '주머니만한' 소극장을 발견했다. 사람들이 우리들을 안으로 들어갈 수 있도록 해주었을 때 우리는 크게 놀라고 말았다. 안으로 들어간 우리는 그 자리에서 얼어붙고 말았다. 그것은 진짜 '순회공연선'의 극장이었지만 모든 것이 뼈대만 남아 있었다. 이렇게 끔찍할 수가! 최소한 20년은 쥐들이 그곳을 갉아먹은 듯했다. 로마에, 그것도 다락같이 후미진 곳에 그것이 있었다. 남동생이 이 극장이 언제 만들어져 이렇게 끔찍한 모습이 되었는가를 물었다. 그 극장은 남동생과 나이가 같은 동시대의 건조물이었다.

"우리는 공포에 질려 그곳을 뛰쳐나왔지만 남동생은 이런 말을 해주며 나를 진정시켰다. '삶 속에서 놀랍거나 신비롭고, 환상적인 듯 보이는 일들이 우리의 눈을 속이는 겉모습의 뒤로 가장 평범한 이야기를 숨기고 있는 법이지.'

"그 얘기를 듣고 나는 이렇게 말했다. '그 얘기는 곧 가장 평범한 일이나 사건을 조심해야 한다는 뜻이 되는 거구나. 왜냐하면 이런 평범의 가면 뒤로 공포와 재앙, 죽음을 숨기고 있다는 얘기가 되니 말이야.'

"그 일은 그렇게 마무리되었다. 몇 주 뒤 우리는 몇몇 로마의 친구들에게 그 얘기를 했으며, 그들은 그런 경우가 실제로 있다면서 웃었다. 그들도 소년의 극장에 대해선 실질적으로 들어본 적이 없었지만 고대 그리스의 시인 무사우에스의 첫 공연을 광고한 이비쿠스 극단이 실제로 이러한 홍보 수단을 교묘하게 사용하여 명성을 얻어냈었다고 평했다. 그렇지만 그들이 실제로 공연을 했는지 안 했는지는 누가 확인해줄 수 있을까? 광고를 이유로, 또 때로는 심지어 돈을 받고 무대에 오르지도 않은 공연에 대해 해준 논평이 그들이 로마와 파리에서 공연을 했었다는 증명이 되며, 이렇듯 자신들 손안의 사실과 증거를 통하여 사람들은 세계나 제3의 도시 어딘가에서 실질적으로 공연에 참여하게 되는 것인지도 모른다. 그리고 그곳에서 그들은 자신들의 '사랑과 죽음'을 실질적으로 체험할 수 있었다.

"남동생과 나는 함께 크게 웃음을 터뜨렸다. 이 이상한 사건 때문이 아니라 우리가 로마에서 가진 좋은 시간 때문이었다. 절대로 나에게 등을 돌리는 법이 없는 남동생을 지켜보면서 마치 내가 그의 일용할 양식이라도 되는 것인 양 밤이면 술집들에서 그의 아름다운 연주를 들었던 나는 남자들은 말할 수 없이 저주받은 존재들이라고 생각했다. 그들의 열정과 기쁨이 절정에 이르렀을 때, 그들이 손에 쥔 여성이라는 달콤한 과일이 갑자기 두 자루의 모래로 바뀐다……"

3

헤로의 이야기를 마무리 짓기 전에 나는 나 자신에 관해 무엇인가를 털어놓고자 한다. 내 자신은 부수적인 사소한 위치에 있기 때문에 이 이야기에서 나의 이름은 중요하지 않다. 내가 태어난 곳에선 아이가 태어났을 때 사람들이 치즈를 만들어 차가운 장소에 저장해두며, 그 사람이 죽었을 때 그 영혼의 평화를 기원하며 그것을 꺼내서 먹는다. 나의 치즈는 지금도 여전히 어느 지하저장고에 보관되어 있다. 나는 지금 이 글을 읽는 누군가가 그것을 먹고 있을 그런 일은 일어나지 않기를 바란다. 나는 특별히 원하는 것은 없었다. 이른바 나는 차분하게 두 개의 눈으로 한 번에 바라볼 수 있는 것 이상의 것을 살펴본 적이 없는 야심 없는 인간이었다. 나는 무엇인가를 먹을 때는 흰 오리처럼 눈을 깜빡이며, 사랑이 새장 속의 새와 같다는 것을 알고 있다. 매일 새에게 먹이를 주지 않으면 새는 죽어버린다. 그리고 이제부터 할 이야기는, 또는 좀 더 정확히 말해서 이 이야기의 결말은 사랑에 관한 것이다.

나의 내면에 침묵을 쌓아두지 못하기 시작했던 그 당시, 나는 내 두 손의 무게 중 어느 쪽이 더 무거운가를 가늠해보며 나의 시절을 보내고 있었다. 나는 오늘날까지 생계를 위해 하는 일로부터 슬픈 거래를 배워야 했지만 한편으로 즐겁게도 키예프에서 비엔나로, 비엔나에서 프라하로, 체코의 거장 오토카르 셰브치크를 쫓아다니며 음악을 공부하고 있던 시절이 있었다. 그를 따라다닐 때 나와 더불어 프라하 음악원에는 온갖 종류의 피부색과 얼굴형을 가진 수많은 학생들이 모여들었기 때문에 그의 강의실에선 3개 대륙의 땀 냄새가 강하게 풍기곤 했다. 나는 하루걸러 한 번씩 마치 아이를 묻으러 가는 것인 양 커다란 악기 상자를 팔의 아래쪽에 끼고 그 음악원을 다녔다. 음악원에 가면 나는 1층에 있는 기다란 방으로 들어갔으며, 그 방은 천장이 매우 낮아 문이 천장을 긁곤 했다. 또는 악기 케이스에서 꺼내놓았거나 케이스에 담아놓은 상태의 바이올린이 선반이나 방의 구석에 놓여 있거나 벽에 매달려 있었다. 언뜻 처음에 보면 바이올린의 활이 줄의 뒤쪽으로 꽂혀 있는 4분의 1 크기의 바이올린과 확실히 가치가 떨어져 보이면서 새끼 돼지 줄무늬 같은 무늬가 들어가 있는 일반적인 정상 크기의 바이올린들, 그리고 크기가 절반 정도인 짙은 무광의 각종 악기들을 제외하면 그곳엔 얘기할 만한 다른 것은 하나도 없었다. 내가 아무리 빈번하게 그곳을 찾아가도 매번 악기들은 위치가 바뀌어 있거나 다른 것들로 교체되어 있는 듯했다. 그러다 이 모든 악기들이(특히 저녁 무렵, 바깥의 블타바 강에서 물고기들이 입질을 시작할 때) 그것만의 고유한 음색으로 시끄럽게 떠들고 마룻바닥에 대고 소리를 질러 양탄자를 들어 올리고 바닥을 삐꺽거리게 만들기 시작하곤 했다. 그때면 활들이 온갖 악기의 한쪽을 문질러대기 시작하고, 바이올린은 다른 바이올린과 서로의 화음을 맞춰보며, 그러다 줄이 뜯겨 나가기 시작하기도 하고, 말총이 희끄무레한 가루가 되어 방안 여기저기로 날리며, 광택이 나는 바이올린의 앞판은 터질 듯한 한계점까지 부풀어 올랐고, 줄감개가 혼자서 저절로 돌아가기도 했다.

어느 가을날 저녁, 우리들 네 명은 각자 자신의 수업 때문이 아니라 함께 연습을 하기 위해 이 방에 모여 있었다. 우리 모두는 물론 학생들이었다. 셰브치크는 우리에게 4중주를 위한 악보를 내주었고, 나는 케이스 속에서 첼로를 꺼냈으며, 다른 학생 한 명은 바순을 가져왔고, 세 번째 학생은 건반이 검은색으로 되어 있고 반음이 흰색으로 되어 있는 피아노 앞에 앉았으며, 마지막으로 나타난 학생은 우리들 가운데서 가장 유명한 바이올린 연주자였다. 나는 전에 그를 가까이서 본 적은 없었지만 그가 나와 같은 나라 사람이며, 베오그라드에서 온 부쿠르라는 이름의 사람이란 얘기를 들은 적이 있었고, 입술과 가슴이 동시에 미소를 짓는다는 아름다운 그의 누이 헤로네아에 대해서도 들어본 적이 있었다. 그 시절엔 고양이 모양의 금반지를 끼고 미리 데스마스크를 주문하는 것이 유행이었으며, 마나시아는 이러한 유행을 잘 따르는 것으로 평판이 나 있었다. 사람들은 그가 방학 때면 집시들의 성찬식 음식인 식초와 서양 고추냉이를 먹은 뒤, 음악의 거장인 셰브치크의 경고도 무시하고 몇 달 동안씩 사라지곤 했으며, 자신이 떠나간 곳에서 황마로 싸서 봉인한 편지를 보내곤 했다고 말했다. 그의 시험 연주는 특별한 관심을 불러와 음악원의 강당이 사람들로 가득 차게 되었으며, 마나시아가 가져다준 단 하루의 흥분된 저녁이 평범하게 지나간 한 달간의 저녁보다 더 가치가 있었다. 나는 그가 정말 고양이 모양의 금반지를 끼고 있다는 것과 그가 왼손의 손톱을 네 가지의 다른 색으로 칠해놓고 있다는 것을 곧바로 확인할 수 있었다. 그가 연주를 했을 때 사람들은 어느 손가락으로 음을 빚어내고 있는가를 분명하게 알 수 있었다.

우리는 서로 자기소개를 했고, 리허설 뒤 술집에 앉아서 맥주를 마셨다. 그 자리에서 마나시아는 맥주 거품을 불어서 다른 사람의 잔으로 날려 보내기도 했다.

어느 날 저녁, 그는 맥주 거품이 묻어 있는 하얀 속눈썹 사이로 나를 바라보며 이렇게 물었다. "너는 짝수를 두려워하는 법이 없어. 내 말이 맞지?"

"그래, 그런 건 두려워하지 않지. 그런데 그건 왜?" 나는 놀라서 되물었다.

"짝수는 죽음의 숫자이기 때문이지. 살아 있는 사람에게 꽃을 줄 때는 홀수로만 주잖아. 묘지를 찾아갈 때는 꽃을 짝수로 들고 가고. 홀수는 시작의 자리에 놓여 있고, 짝수는 끝의 자리에 놓여 있는 셈이지……"

그가 입고 있는 옷엔 손잡이를 제거한 작은 은제 수저로 만든 단추가 달려 있었으며, 단추의 밑부분엔 실을 꿸 수 있는 두 개의 작은 구멍이 뚫려 있었다. 그는 삼각법의 문제 풀이를 자신만의 오락과 휴식으로 삼고 있었다.

그 시절의 어느 저녁에 그는 반짝이는 손톱을 자신의 구레나룻에 비비며 이렇게 말했다. "너 그거 알아? '네 개의 눈을 모두 계속 뜨고 있어야 한다!'는 사람들의 말이 헛소리가 아니란 걸. 곰곰이 생각을 해봤는데 나는 이 얘기가 눈이 네 개 있는 어떤 괴물에 관한 것이 아니라 눈에 관한 한 무엇인가 공통점을 갖고 있는 두 사람을 가리키는 것이라는 결론에 이르게 되었어. 마치 어떤 사람이 자신의 왼쪽 눈으로 오른쪽 눈을 통하여 세상을 바라볼 수 있듯이 아마도 자신의 눈으로 누군가 다른 사람의 눈을 통하여 세상을 보는 것이 가능할 거야. 다만 그들 사이를 이어주는 공통의 연결 고리를 찾아야겠지. 네가 수백 번도 더 보았을 모든 눈은 서로 다른 깊이와 색깔을 갖고 있어. 그리고 이 깊이는 삼각법을 이용하여 아주 정밀하게 측정할 수가 있어. 내가 약간 연구를 해봤는데 똑같은 깊이와 색깔의 눈은 어떤 공통분 모를 갖고 있다는 확신을 갖게 되었어……"

그가 잠시 말을 멈추었고, 나는 그가 왼쪽 눈을 두 번 깜빡일 때마다 오른쪽 눈을 한 번 깜빡이고 있다는 것을 알게 되었다.

그가 계속 이야기를 이어나갔다. "음악의 경우에도 얘기가 똑같아. 네 개의 눈이나 네 개의 악기처럼 서로 떨어져 있는 것들을 서로 손이 닿을 수 있는 거리로 모아서 같은 일을 할 수 있도록 해주어야 해. 귀가 먹은 사람에게 연주를 들려주거나 교회에서 말을 못하는 사람에게 노래를 가르치려고 해선 안 되겠지. 하트와 클로버만 갖고 놀면 카드 게임에서 이길 수가 없어. 스페이드와 다이아몬드도 동시에 계산에 넣어야 해. 네 세트의 카드를 모두 갖고 놀아야 하고, 네 개의 눈을 모두 떠야 해."

그는 나의 첼로를 꺼내더니 그 자리의 놀란 사람들에게 4중주의 내 부분을 흠 하나 없이 연주했다. 그는 곡을 완벽하게 외우고 있었다. 트릴 주법[29]으로 연주해야 하는 부분에 이르렀을 때 그는 집게손가락과 가운뎃손가락으로 재빠르게 번갈아가며 줄을 잡아주었으며, 그 두 손가락의 손톱에는 파란색과 노란색이 칠해져 있었지만 사람들 눈에는 초록색으로 보였다.

마나시아가 자신의 강의를 계속 이어나갔다. "만약 네가 이

---

29) 시작하는 음과 2도 위의 음을 재빠르게 서로 번갈아가며 연주하는 기법.

해를 못하겠다면 간단한 예를 들어 설명해줄게. 알다시피 그리스에는 반도가 하나 있는데 어찌나 폭이 좁은지 그냥 평범한 닻을 물소에 매달아 반도의 좁은 폭을 가로질러 쟁기질을 하면 그 반도를 본토에서 잘라낼 수 있을 정도이지. 그게 바로 동방 기독교의 중심지인 아토스 산[30]이야. 천년 동안 이 반도는 수도승들의 터전이었고, 독립을 누리면서 그리스 정부와 국경을 맞대고 있었어. 이 반도는 자체의 관세지역을 갖고 있었고, 또 세 명의 수도승 장관과 프로토스, 그러니까 수상으로 구성된 정부를 갖고 있었어. 그들 각각은 네 부분으로 나뉘어져 있는 옥새의 한 부분씩을 갖고 있었는데 아토스 산에 들어가려면 그 옥새로 승인을 받아야 했어. 사람들 얘기로는 이 옥새가 세 명의 남자와 한 명의 여자 부분으로 이루어져 있었다고 해. 네 명의 수도승 각각이 그 옥새에서 자신이 갖고 있는 부분을 모두 내놓아야 그 옥새가 온전하게 구성될 수 있는 것이지. 각각의 부분은 붉은 실로 감겨져 있었고, 말하자면 옥새는 아토스 산에 들어갈 때 받아야 하는 입국 비자였던 셈이야…… 너의 음악도 이와 똑같아. 음악은 한 해의 사계절을 모두 거쳐가야 하고, 여름의 음악이 가을의 음악과 똑같아선 안 돼. 음악의 본질 속으로 들어가고 싶다면 우리가 연주하고 있는 4중주의 네 부분을 모두 배워야 해. 그리

---

30) 그리스의 마케도니아에 있는 산으로 되어 있는 반도로 20개의 수도원이 자리하고 있다. 산과 수도원 전체가 유네스코 세계문화유산으로 지정되어 있다.

고 네가 4중주에서 단 한 부분을 연주한다고 해도 네 가지 악기를 어떻게 사용하는지 모두 알고 있어야 해."

"음악이 수학과 똑같은 건 아니잖아? 음악에선 한 악기에 적용할 수 있으면 다른 모든 악기에도 응용할 수 있어!" 나는 마나시아 부쿠르에게 이렇게 반문하면서 그의 얘기에 대한 나의 대답을 내놓았다.

당시 나는 그의 코끝에 있는 피부 아래쪽에서 열한 번째 손톱이 나타나고 있는 것과 같은, 무엇인가 이상한 일이 벌어지고 있다는 것을 깨달았으며 그것이 마치 집게손가락이라도 되는 양 그가 이 코끝의 손톱으로 나를 똑바로 가리켰다. "사람들은 수학을 구성하고 있는 숫자들의 기원을 고려해볼 필요가 있어. 그와 같은 식으로 보면 너도 음악을 구성하는 기본 요소들의 기원을 고려하지 않으면 안 돼. 예를 들어 내가 연주하는 이 악기를 한 번 보자. 이건 바이올린이야. 너, 이게 무엇으로 만들어져 있는지 알아?"

그리하여 나는 그의 강의를 계속 들어야 했다.

"무엇보다 먼저 나무로 만드는 거지. 바이올린의 몸통은 노간주나무를 벤 사람이 살았던 것보다 더 오래 산 노간주나무로 만들어. 뒤판과 옆판은 단풍나무로 만들지. 맨 위쪽에 말려 있는 형태로 있는 스크롤 부분은 부드럽고 달콤한 체리나무를 깎아서 만들고, 흑단나무로 만드는 지판은 바이올린의 목 부분에 접착제로 붙여주지. 모든 바이올린은 '영혼', 그러니까 안주인을 갖고 있는데 앞판을 받쳐주는 작은 막대가 그것으로 그건 전나무로 만들어. 가장 낮은 음에서 가장 높은 음까지의 음역이 그 작은 지지대에 따라 결정돼. 그러니까 바이올린은 여자의 영혼을 갖고 있는 셈이야. 활은 바람을 맞으며 자란 자작나무에 붉은색을 입혀서 만들고, 거기에 바르는 송진가루는 침엽수에서 나오지.

"이러한 식물성 기원을 가진 부분들만 있는 게 아니야. 여기에 더하여 바이올린은 그와 다른 동물성 기원도 갖고 있지. 활의 줄은 말의 꼬리털로 만들어지는데 (바이올린이 탄생되기 전의) 아주 옛날에는 유니콘의 꼬리털을 사용한 것이 최고였어. 좀 더 굵은 두 개의 줄은 동물의 내장을 꼬아서 만들고, 약음기는 뼈를 이용하여 작은 암말의 초소형 안장과 같은 형태로 만들지. 말총 다발을 고정시켜주기 위해 활의 끝 쪽에 위치시켜주는 쐐기 또한 뼈로 만들어져 있는데 때로 그 뼈가 사람의 것일 때도 있어(사람들이 말하길 파가니니의 경우가 그렇다더군). 줄걸이판 위에 마치 새총처럼 걸려 있는 끝부분의 줄걸개는 사슴뼈로 만들고, 악기의 부품을 밀착시켜 붙여주는데 사용하는 접착제도 동물성 기원을 가진 것이지. 사람들이 말하길 아마티 바이올린은 머리는 사자에 몸통은 염소, 그리고 꼬리는 뱀이었던 키메라 고기를 끓여서 만든 접착제를 사용했다고 해. 왜냐하면 그게 공기 속에서 탄생되어 그것으로 만든 접착제가 매우 가벼웠다는 거야. 활의 손잡이 양쪽에는 조개에서 나온 몇 조각의 자개가 새겨져 있어. 자개는 항상 나무보다 약간 더 차가워서 손가락으로 적절한 지점을 쉽게 찾아서 잡을 수 있도록 해주지. 그래서 넷째 손가락을 항상 이 자개 장식 위로 얹어놓게 되지.

"마지막으로 바이올린에는 땅의 광물에 속하는 부분들이 있어. 우선 두 개의 보다 가는 줄은 금속으로 만드는데 이 줄들이 얹혀 있는 줄받침은 때로 돌로 만들고, 활의 끝부분에서 선을 팽팽하게 당겨주는 나사는 은으로 만들어져 있어. 이 모든 것들 외에도 나무를 구부리고 접착제와 니스를 만들 때 사용되는 강하고 부드러운 불꽃도 있지. 니스는 사실 별개의 얘기야. 그것은 항상 제각각이고, 모든 바이올린 제작자들이 자신의 정신적 아버지로부터 물려받은 느린 비밀과 빠른 비밀을 숨기면서 그 자신만의 방법을 혼합해내지. 바이올린에 바르는 니스의 이 빠른 비밀과 느린 비밀이 미래에도 통할 비밀이면 악기의 성공이 보장되곤 하지. 그 비밀이 과거에나 통한 것일 때는 니스가 거의 쓸모가 없어……

"그러니까 핵심은 밤에 바스락대는 소리를 듣기만 해도 그게 어떤 나무인지, 말하자면 노간주나무인지, 단풍나무인지 말해줄 수 있어야 한다는 거야. 네가 손에 든 악기에선 그 기원이나 재질, 그것을 만들 때 사용한 기술과의 관계가 끊어지지 않고 있어서 심지어 연주를 할 때 사실 이러한 관계를 통해서만 음악이 그 질적 수준을 보장받을 수 있어. 실제로는 손가락이 바이올린 위에서 연주를 하는 것이 아니라 그보다는 물과 공기, 불, 땅과 같은 기본 요소들, 그리고 모든 악기들을 다르게 조합시켜 놓고 있는 그것들의 비밀과 연계 관계를 구축하는 것을 통해서만 연주가 되는 거야." 마나시아가 이렇게 말하며 그의 이야기를 마쳤다.

내가 그 이야기를 들은 이래로 오랜 시간이 흘렀다. 사람들의 말대로 그때 이래로 바람이 오랫동안 강하게 나의 뼈를 씻어내고 때리며 지나갔고, 그러는 동안 난 한 번도 우리 4중주의 다른 세 가지 부분을 배워야겠다는 욕망을 느낀 적이 없었다. 마나시아의 이야기는 내게 너무 복잡하게 보였고, 부활절 전전 일요일에 재채기를 하지 않은 사람은 오래 살지 못한다는 얘기를 믿지 않듯이 나는 그의 얘기 또한 믿지 않았다. 하지만 미신을 믿지 않으며 검은 고양이가 길의 앞쪽을 지나가도 두려워하지 않는다고 해도, 그 검은 고양이가 미신 속의 고양이인지 아닌지는 절대로 알 수가 없다.

그렇게 나는 그 4중주에서 발로 박자를 맞춰가며 나의 첼로를 연주했으며, 4분의 3박자나 혹은 다른 박자를 구성하는 숫자의 기원에 깊은 주의를 기울이지 않고도 수학의 그물로 잡아내야 할 음악적 법칙을 이해할 수 있었다. 물론 모든 것은 잘 풀려나갔다. 나는 발표회에서 나의 부분을 연주했고, 바람에 시계 뚜껑이 닫히듯이 간단하게 시험을 통과했으며, 나의 오른손이 아니라 왼손을 따라 음악을 영원히 그만두게 되었다.

다만 가끔, 신발에서 광택제가 녹아서 흘러나오고, 몸이 땀에 젖은 옷에서 단추의 감촉만 느낄 수 있을 정도로 엄청난 폭염이 기승을 부릴 때면 음악이 다시 나의 인생으로 돌아오고 있는 듯한 느낌이 들기도 했다. 내 자신이 음악으로 다시 돌아간 것은 딱 한 번 뿐이었다.

1934년, 우리 음악의 거장 셰브치크가 세상을 떴고 그해 그의 제자들이 유럽 곳곳을 돌며 추모 콘서트 무대를 마련했다. 나는 여행 중에 있었으며 앞도 뒤도 막막하던 시절이었다. 새벽을 두려워했던 나는 저녁을 제공하는 그런 곳보다 아침을 제공하는 여관을 선호했다. 그때 나는 불면증에 시달리고 있었다. 나는 책을 재빨리 덮는 방법으로 파리를 잡았고 페이지들 사이에선 으스러져 말라버린 나의 희생물들이 수없이 발견되었다. 그러면서도 거장의 죽음에 대한 소식을 듣자마자 나는 곧바로 프라하로 떠났으며 나의 통상적인 업무를 본 뒤, 예정되어 있는 첫 번째 콘서트 장으로 향했다. 이름은 잊었지만 셰브치크의 제자들 중 한 명이 연주를 하고 있었다.

그것은 바이올린 콘서트였다. 연주자는 그의 활에 있는 말의 털처럼 완전히 새까만 검은색의 생머리를 갖고 있었다. 첫 악장은 차분했으며, 그 정도의 차분함이면 탁자에서 책이 떨어지는 것을 보면서도 놀라지 않고 휴식을 취할 수 있을 정도라고 여겨졌다. 아마도 그런 차분함이 가능한 것은 책의 페이지가 하나하나 각각 떨어지는 것을 경험했기 때문일 것이다. 두 번째 악장은 밤나무의 잎들이 그들의 그림자에 영원히 안길 때처럼 부드럽게 밀려오면서도 동시에 느렸다. 화려한 솔로 연주 부분은 광란으로 치달았다. 이 예술가는 무반주로 연주를 하다가 이어 자신의 가면을 벗었으며, 그 때문에 나는 생각했다. '이 사람이 7월에 울음을 터뜨린다면 아마도 사람들이 8월에도 여전히 그 울음소리를 들을 수 있겠군.' 마침내 세 가지 속도로 잠을 잘 수 있는 누군가가 연주하는, 아울러 그의 꿈이 어느 한순간에는 엄청난 견인력을 가졌다가 다음 순간에는 또 너무도 취약한 속도를 갖게 되는 누군가가 연주하는, 맹렬한 속도의 마지막 악장이 있었다…… 내 앞에 있는 연주자는 그의 음악으로 짐승과 바위, 광물, 나무, 불, 송진, 조개 속에서 울부짖는 바람, 그리고 동물들의 창자들이 모두 그에게 귀를 기울이지 않을 수 없게 만들었다는 오르페우스가 아니었다. 이 사람이 오히려 훨씬 더 강력해서 그는 그 모든 것이 반응하도록 만들어놓고 있었으며, 그리하여 마치 그들이 자신들의 자궁과 뼈를 모두 음악에 제물로 바쳤을 뿐만 아니라 연주자의 손이 동시에 그러한 희생을 요리하고 있는 것인 양, 그 모든 것들이 악기 속에서 그들의 얘기를 하고 있었다…… 그리고 그때 나는 마나시아 부쿠르와 그의 이야기를 떠올리고 있었다.

하지만 고백하건데 내가 연주를 들었던 그 예술가의 검은색 가발 아래서 나는 마나시아 부쿠르, 바로 그를 전혀 알아보지 못했다. 그러나 그는 자신의 연주를 들으러 온 수많은 사람들 가운데서 나를 알아보았다. 콘서트가 끝난 뒤 사람들은 나를 찾아내 그에게 데려갔다. 그는 또 다른 이름과 또 다른 가발 아래 연주를 하고 있었는데 그 가발 아래서 내가 발견한 얼굴은 한때 아름다웠던 그의 얼굴을 간신히 닮아 있었다. 한쪽 눈은 머리카락 뒤로 가려져 있었고, 다른 쪽 눈은 예전에 어땠는지를 알 수가 없었지만 이 눈들이 예전처럼 깜빡이고 있는 것은 여전했다. 그러니까 오른쪽 눈을 한 번 깜빡일 때마다 왼쪽 눈을 두 번 깜빡이는 것은 똑같았다.

"나는 더 이상 오래 서 있지 못해. 그러니 어디엔가 자리에 앉아서 맥주를 한잔하자." 내가 그에게 말했다.

"더 이상 서 있지 못한다고? 이 친구야, 나는 더 이상 누워 있을 수가 없어. 우리가 삶에서 누워 있었던 것이 이미 너무도 오래되어 그게 거북해졌어! 거의 영원히 누워 있었지! 나는 그 짓은 더 이상 할 수가 없어. 지금까지 누워 있던 것만으로 충분해. 나는 절대로 더 이상은 눕지 않을 거야……" 내 말에 대한 그의 반박이었다.

우리는 그날 저녁 지나는 차량이 연주회의 청중들을 방해하지 못하도록 지푸라기를 뿌려놓은 거리를 따라 걷다가 옛날처럼 맥주를 시키기 위해 자리를 잡고 앉았다.

"나는 네가 필요해." 자리에 앉자마자 그가 말했다. 나는 그의 손톱에 더 이상 색이 칠해져 있지 않다는 것을 확인할 수 있었다.

"무슨 소리야. 내가 더 이상 연주를 하지 않는다는 것은 네가 잘 알고 있잖아."

"알고 있지. 정확히 그것이 바로 네가 필요한 이유야. 나는 너의 예전 위치가 아니라 현재의 네 직업 때문에 네가 필요해."

나는 놀랐고, 이런 말들에 마음이 흔들렸다. 나의 일로 도울 수 있다면 돕겠다고 약속을 하고 나서야 그가 자신이 겪고 있는 어려움을 내게 털어놓았다. 그리고 그의 얘기를 들으면서 내가 오랫동안 그보다 훨씬 더 잘 알고 있었던 어떤 이야기를 떠올리게 되었다. 하지만 그 이야기 속에는 나도 놀라게 된 무엇인가가 있었다. 나는 그가 요즘 몇 년 동안 완전히 새로운 형태의 4중주에서 연주할 자리를 찾고 있다는 것을 알게 되었다. 이 새로운 4중주와 그런 4중주단에서 자리를 찾기 위한 그의 노력이 그를 거의 미칠 지경으로 몰아넣어 그가 음악과 완전히 결별하기에 이른 상태였다. 비록 그러한 4중주가 확실한 시대의 추세이긴 했지만 음악에 있어 그것이 전부는 아니었기 때문이다. 나는 왼쪽 다리 위로 몸을 기울이고 앉은 상태로 그의 고백을 듣고 있었다. 그의 고백은 다음과 같았다.

어느 남매의 이야기

너도 알겠지만 내게는 헤로네아라는 누이가 있었다. 그녀가 아름다웠다는 건 너도 기억하고 있을 것이다. 한쪽 눈에는 낮이, 또 다른 한쪽 눈에는 밤이 담겨 있는 여자였다. 누이는 이 세상에 아름다운 것은 많아도 사랑은 흔치 않다는 것을 알고 있었다. 누이는 1910년에 태어났으며 그로부터 몇 주 뒤, 아무도 기억을 못하고 심지어 누이도 기억을 못하는 어느 날 아침, 헤로는 죽어가기 시작했고, 마침내 그녀의 죽어감이 멈춘 최근의 마지막 그날까지 수십 년 동안 누구도 알아차릴 수가 없게 계속하여 서서히 죽어가고 있었다. 아마도 이 죽어감은 사실 헤로가 태어나기도 전에 훨씬 일찍부터 시작되었으며, 우리가 나중에 논의하게 될 어떤 형태로 그 마지막이 가까워올 때까지 수세기동안 지속된 것인지도 모른다. 나의 경우 아무도 눈치채지 못한 어느 날 저녁, 심지어 나도 나의 다른 저녁과 구별할 수 없는 어느 날 저녁에, 나는 나도 전혀 모르는 사이에 사랑에 빠져들기시작했다. 여자는 아니었다. 어머니나 형제, 누이도 아니었다. 사실 그 당시 나는 겨우 몇 살밖에 되지 않은 아이였다. 나는 그에 대한 만반의 준비를 갖추는 형태로, 그렇지만 돌아올 수 없는 망망대해로 떠날 준비를 하고 있는 배처럼 막연하게나마 단호하게 어떻게든 대체로 사랑을 시작하고 있었다. 그리고 그 후로 내 운명의 동행들이 모두 내 사랑과 내 배에 타고 또 내리면서 잠시 동안 똑같은 파도 소리와 썰물, 태양과 바람을 나와 함께 겪었다. 나의 배에 승선한 사람들 가운데는 내 누이 헤로네아가 있었지만 누이는 이 배에서 아주 특별한 자리에 머물고 있었다. 그게 선장이 항해를 지휘하는 선교는 아니었다. 절대로 그곳은 아니었다. 누이의 자리는 가장 아름다운 의자들이 있는 곳이었다. 내 배에서 가장 아름다운 의자들이 있는 그곳이 다른 누구보다 누이에게 가장 어울릴 듯한 느낌이었다. 사실 아마도 그 의자들은 헤로네아가 그곳에 앉았을 때 비로소 갑판에서 가장 아름다운 자리가 된 것인지도 모른다. 그런 일이 일어났을 때 누이는 겨우 열다섯 살이었고, 그때부터 다른 사람들이 있는 곳에선 더 이상 음식을 먹지 않게 되었다. 나 역시 그때 이후로 한 번도 누이가 점심이나 저녁을 먹는 것을 본 적이 없다. 가족들은 누이가 다른 사람들과 똑같은 것을 먹고 있는 게 아니라는 얘기를 소곤소곤 소리죽여 나누곤 했다. 교회에 나갔을 때면 누이는 마치 파리를 잡듯이 빠르게 가슴에 성호를 그었고, 정말 음식을 빠르게 먹어치운다는 소문이 돌았다. 누이는 여전히 그녀의 마음속에 나이 든 고대의 영혼을 가진, 다리가 날씬한 아이였고, 그 영혼은 마치 아직 자신에게로 향하는 기도자들의 언어를 이해하지 못하고 있지만 그래도 말하는 법을 계속 익혀가고 있는 새롭고 미성숙한 신에게로 향하듯, 억지로 누이의 몸에 익숙해져 가고 있었다…… 나는 항상 내 주변의 모든 여자들을 요리사나 호텔의 객실 청소부, 간호사로 나눌 수 있다는 인상을 갖고 있었다. 그런데 나는 이미 어릴 때 나의 누이 헤로네아가 마지막 범주에 속한다는 것을 알고 있었고, 그것에는 충분한 이유가 있었다. 죽어가는 것들은 그 앞에 선 누이에게 수없이 많이 자신이 어떤 저항할 수 없는 부족함을 갖고 있다는 절망감을 몰고 왔고, 그러한 죽어가는 것들에 대해 때로는 강압적인 태도를 보여주고 때로는 불편해하고 때로는 공황 상태에 빠지면서

도 자신의 보살핌을 아낌없이 보여주었던 누이에게(그것들을 도와
주려는 누이의 헛된 시도에도 불구하고) 우리가 기른 애완동물의 마지막
시간은 비참하게 끝이 나곤 했다…… 그것들이 누이의 팔에 안
겨 죽었을 때, 그것들을 살리려는 노력을 기울이다 그것들의 죽
음으로 공황 상태에 빠져 지칠 대로 지친 누이는 조용히 그것들
로부터 등을 돌리고는 이렇게 말하곤 했다. "내가 마치 어떤 종
류의 수요일같이 느껴져. 나는 언제나 늦고, 나는 언제나 화요
일이 지난 뒤에 도착하고 있어."

헤로네아는 화학을 공부했으며, 누이가 자신의 공부를 계속
하기 위해 물고기 껍질로 만든 모자를 쓰고 프라하로 왔을 때,
우리는 도시의 옛 지역에 있는 좁은 저지대의 거리들 가운데 한
곳에서 아파트를 임대했다. 아파트엔 나무 사다리를 타고 올라
갈 수 있는 다락이 있었으며, 사다리는 쇠줄과 윈치를 이용하
여 천장에서 방 쪽으로 내려놓을 수 있었다. 그 당시 사람들의
말을 빌리면 나는 산의 계곡물처럼 얕으면서도 맑은 젊은 청년
이었다. 나는 매일 나 혼자 음식을 해먹으면서도 더 이상 그 에
너지를 음악으로부터 무엇인가를 이끌어내는 데 사용하지 않
고 있었다. 음식으로부터 섭취한 에너지를 사용하지 않아 몸무
게가 불어난 사람처럼 나는 영혼 속에서 비대해졌고, 불필요한
정신적 지방이 축적되어 가고 있었다. 헤로는 베란다에 '악마가
핥았다'는 이름의 알로에 화분을 두고 있었는데 이름이 그래서
인지 알로에 잎들의 가장자리가 흰색이었다. 이 알로에는 누이

가 베오그라드에서 가져온 것이었는데 거울을 자신의 방에 있는 이 화분 앞에 놓아두었기 때문에 머리를 빗을 때면 이 식물을 볼 수가 있었다. 어느 날 누이는 거울 속에서 길 건너편 건물의 같은 층에 사는 젊은 중위가 자신의 머리를 빗고 면도를 하고 있는 것을 보게 되었다. 그의 창이 우리의 발코니와 너무 가까워서 그 중위는 그냥 자신의 방에서 헤로의 거울에 비친 자신을 볼 수가 있었다. 그래서 누이의 거울과 자신의 사브르를 이용하여 면도를 하곤 했다. 그 중위는 황금빛의 장식술을 이용하여 자신의 얼굴에 비누 거품을 칠하고는 아주 놀랄 정도로 능숙하게 자신의 장교용 사브르로 면도를 했다. 불붙은 성냥을 그곳에서 이곳으로 던질 수 있을 정도로 가까웠기 때문에 중위와 나는 저녁때면 웃음을 나누며 서로의 파이프에 불을 붙여주곤 할 때가 많았다.

"같은 성냥불로 두 번째 초나 세 번째 파이프에 불을 붙이는 일은 절대로 없도록 조심하세요." 우리가 새롭게 알게 된 그 사람은 우리에게 기분 좋게 그런 말을 건넸다.

이름이 얀 코발라였던 그 중위와 나의 누이 사이에는 내가 냄새가 난다고 표현할 수밖에 없었던 무엇인가가 오가고 있었다. 하지만 시간이 결코 한쪽 다리로만 서 있는 법은 없다. 사태는 크게 진전되고 있었다. 매일 저녁 그는 헤로가 그녀 방의 불을 끄는 바로 그 순간 불을 켰다. 나는 발코니에 앉아 파이프로 담배를 피우며, 가끔 모자를 들어 올려 담배 연기를 그 속으로 밀어 넣곤 했다. 그리고 나는 거리의 맞은편에서 얀 코발라가 어떻게 목이 긴 신발을 벗으면서 한쪽 신발은 그 방의 한쪽 구석으로, 또 다른 한쪽은 다른 방의 구석으로 던져놓는지, 어떻게 그가 이빨만으로 병을 물고 술을 마시는지, 어떻게 그가 자신의 사브르로 탁자 위에 놓인 구운 통닭에서 닭다리를 잘라내는지를 살펴볼 수 있었다. 다음 순간 그는 침대에 누워 닭다리를 뜯은 뒤, 방의 한쪽 구석에 있는 목이 긴 신발을 똑바로 겨냥하고는 뼈를 그곳으로 던져 넣었다. 그 다음엔 그가 상의를 벗었고, 바로 그 순간 동시에 문이 천천히 열리면서 달빛이 그의 방으로 스며들었다. 그러자 그가 그 달빛을 타고 내 누이 헤로의 방으로 건너왔다. 누이는 마치 눈이 먼 사람처럼 시선을 떼지 못한 채 그 중위를 바라보다 그에게 다가가 그에게로 몸을 숙였다. 그는 자신의 혀로 누이의 블라우스 단추를 풀기 시작했다. 이어 헤로가 내가 앉아서 담배를 피우고 있는 발코니 쪽을 힐끗 한번 쳐다보더니 날리는 머리카락으로 달빛을 가르며 그와 함께 그의 침대로 걸어가선 초에 침을 뱉어 불을 끄고 마치 지상으로 내려오는 눈처럼 천천히, 그렇지만 절대로 뒤로 물러나는 법이 없이 누이의 먹잇감에 달려들기 시작했다……

담배 연기가 모자와 머리카락에 베어 있던 나는 가끔 자리에서 일어나 연습을 하러 음악원에 가거나 술집에서 오랫동안 맥주를 마셨고, 아니면 책을 땅에 묻는 유대인들을 지켜보기도 했다. 하지만 나의 내면에선 무엇인가가 걷잡을 수 없이 소용돌이 치고 있었으며, 나는 나의 수염이 나의 사마귀 주변이 아니라 그 것을 곧장 뚫고 나오며 더 빠르게 자라고 있다는 것과 내가 변해야 한다는 것을 느끼고 있었다. 사실 나는 변하기 시작했고, 끊임없이 변화를 위한 작업을 하고 있었다.

어느 날 오후, 누이가 너무 익어 문드러진 과일 같은 눈빛을 하고 나타났다. 손은 방한용 토시를 잃어버린 맨손이었다. 얀 코발라 중위가 더 이상 그의 문을 열어놓지 않고 있었다. 그는 자신의 방에서 다른 사랑을 받아들이고 있었다. 헤로는 아무 말도 하지 않았다. 나는 평상시처럼 담배를 피면서 기다렸다. 누이가 그녀의 방에서 불을 끄고, 그가 그의 방에서 불을 켜는 바로 그 시간이 되었다. 나는 발코니에서 그가 목이 긴 신발을 벗고 허리띠를 풀어 내던진 뒤 자신의 이빨만으로 병을 물고 술을 마시면서 사브르로 닭다리를 잘라내 침대에서 먹는 것을 지켜보았다. 등줄기를 따라 소름이 흘러내렸고, 내 등 뒤의 엉킨 머리카락이 스르르 풀렸으며, 나의 셔츠가 바스락거렸다. 나는 엄지로 파이프의 담뱃불을 껐고, 타다 남은 불에서 살냄새가 났다. 나는 조용히 자리에서 일어나 거리로 내려간 뒤 길을 건너 코발라의 아파트로 올라갔다. 문을 열었고, 달빛이 그 방으로 스며들었다. 그 달빛을 타고 나는 방으로 들어갔다. 나는 마치 눈이 먼 사람처럼 시선을 떼지 못한 채 그를 바라보다 그에게 다가가 그에게로 몸을 숙였다. 그가 자신의 혀로 내 바지의 단추를 풀기 시작했다. 이어 나는 헤로가 앉아 있는 우리의 발코니 쪽을 힐끗 한

번 쳐다보고는 침을 뱉어 촛불을 끄고 코발라와 함께 누웠다. 그가 이제 매일 밤 기다리고 있는 사람은 헤로가 아니라 나였기 때문이다.

어느 날, 헤로는 아침 일찍 일어나더니 봄이라도 맞은 것처럼 기분을 전환하기 위해 자신의 머리를 땋았다. 누이는 머리를 땋는 다양한 방법을 알고 있었다. 땋은 머리에 리본을 달았을 때, 누이는 마치 여름을 맞은 듯했다. 바람결에 날리며 머리를 빗을 때면 누이의 계절에선 봄의 느낌이 났다. 그날 누이는 머리를 빗어 목의 뒤쪽으로 머리를 땋았고, 일찍 집을 떠났다. 그리고 나는 다시는 누이를 보지 못했다. 나는 헤로가 자살을 했다는 소식을 들었다. 같은 날, 12시 5분에 누이는 실험실에서 스스로가 일으킨 폭발 사고로 죽었다. 그 때문에 나는 누이에게 왜 그 선을 넘었는지, 그것이 얀 때문인지, 아니면 나 때문인지 영영 물어볼 수가 없게 되었다. 사람들은 심지어 내가 그녀의 관도 쳐다보지 못하게 했다.

그때 이후로 나는 나의 주머니 시계를 누이가 죽은 시간에 고정시킨 채 갖고 다니고 있다. 그 시계는 항상 12시 5분이며, 매일 그 시계만의 끔찍하도록 정확한 그 순간을 지나쳐간다. 그리고 이들 두 부정한 사람들, 그러니까 그 중위와 내 자신 가운데 누구의 행동이 그녀를 죽음으로 몰아넣었을까 하는 끔찍한 질문이 내게서 점점 삶이나 죽음에 대한 질문으로 바뀌어갔다.

물론 나는 얼마가지 않아 얀 코발라와의 관계를 끊어버렸다.

그는 아무 흔적도 남기지 않고 사라져버렸으며, 그때 이후로 나는 방황을 하며 내 자신의 그림자에 발이 걸려 넘어지곤 했다. 나는 내 이름과 머리카락의 색을 바꾸었고, 집시들의 결혼식에서 연주를 하기 시작했으며, 예전에 즐겨했던 식초와 서양 고추냉이가 나오는 성찬식 방식의 식사를 했고, 내 마음을 진정시켜주는 유일한 것으로는 삼각법 문제를 푸는 일밖에 없었다. 그러다 네 개의 눈에 관한 격언이 문득 머릿속에 떠올랐고, 나는 다시 그것을 이해하기 위해 많은 노력을 기울였다. 나는 헤로가 가졌던 맑고 깨끗한 눈의 깊이를 수없이 계산해보았고, 이 마법의 숫자를 아예 외울 정도로 훤히 알게 되었으며, 그러면서도 밤새 그것을 반복했다. 나는 같은 색과 같은 깊이의 눈을 가진 사람이 나타나면 이제 누이에게서 영원히 들을 수 없게 된 내 질문에 대한 답을 얻을 수 있을지도 모른다며, 그런 기적이 일어날지도 모른다는 희망 속에, 내가 만나는 사람들에게서 눈의 깊이를 관찰하기 시작했다. 그리고 또 다른 얘기가 하나 더 있다. 남성 악기와 여성 악기가 있듯이, 뛰어난 4중주는 이들이 섞여 있는 것이며, 그 때문에 모든 얼굴 또한 하나의 남자 눈과 하나의 여자 눈을 갖추고 있다는 것을 알게 되었다. 거울을 보면 두 개의 눈 가운데 어느 쪽이 남자의 눈이고 어느 쪽이 여자의 눈인지 너도 쉽게 알 수가 있을 것이다. 헤로는 왼쪽이 남자의 눈이었고, 그 눈이 그녀를 죽음으로 이끌었다. 여자의 눈인 그녀의 오른쪽 눈은 그녀를 계속 살려두려 애를 썼었다. 이런 점 역시 반드시 고려를 해야 한다…… 하지만 우리는 얘기의 핵심으로 돌아가기로 하자!

　나는 크라코브에 머물며 그곳에서 연주를 하고 있었고, 그 때 알프레드 비에즈비츠키 박사라는 이름의 한 신사가 내 시선을 사로잡았다. 그는 우리 아버지 집에 잠깐씩 들르곤 했었으며, 어린 시절의 혜로와 나를 알고 있었다. 그는 자신의 집으로 나를 초대하여 연주를 부탁했다. 나는 여러 번의 관찰 기회를 얻었고 그에게 주의를 기울여야 할 필요가 있다는 결론을 내리게 되었다. 그 의사의 눈은 내 누이의 것과 깊이와 색깔이 똑같았다. 한 쪽 눈에는 낮이, 또 다른 한쪽 눈에는 밤이 담겨 있었다. 아마도 그에게서 누이에게 묻고 싶었던 질문에 대한 답과 내가 얀 코발라와 함께 저지른 행동에 대한 평가를 기대할 수 있을지도 모르겠다는 생각이 들었다. 나는 오랫동안 책만큼이나 말이 없고 단추를 양쪽 귀에 이를 정도까지 잠그면서도 다정하고 멋진 남자인 비에즈비츠키를 쫓아다녔지만 아무것도 얻지 못했다. 그는 한쪽 손의 손톱을 다른 손의 손톱 밑으로 밀어 넣은 채 공손하게 행동하며 침묵을 지켰다. 하지만 이제 나는 그 의사의 친척 중 한 사람의 집에서 콘서트 일정이 잡혀 다시 폴란드로 돌아가게 되었다. 내가 이번 기회를 이용하여 비에즈비츠키로부터 무엇인가를 알아내야 한다면 내게는 너의 도움이 필요하다. 그래서 부탁인데 네가 이번 여행을 함께 가주었으면 좋겠다. 이 여행은 실질적으로 나와 함께 여행을 해본 적이 없는 네게도 큰 즐거움이 될 수 있을 것이다.

그렇게 마나시아 부쿠르는 자신의 이야기를 마무리 지었다. 비록 그가 나의 직업에서 기대할 수 있는 앞으로의 도움에 대해 즉각적으로 보수를 지급하긴 했지만 우리는 1937년까지 폴란드로 떠나지 못했다. 나의 친구는 거의 기분이 좋은 상태였다. 하지만 그는 동시에 이상한 불길한 예감을 갖고 있었으며, 학생 시절처럼 자신의 모자 위에 내 모자를 쓰고 다녔고, 그러다 바르샤바에서 그가 내게 알프레드 비에즈비츠키를 소개시켜주었다. 우리는 그 의사의 사무실에 앉아서 폴란드산 보드카를 마셨고, 의사는 우리 방문의 진짜 목적은 전혀 모른 채 파이프 담배를 피우고 있었다. 사실 우리가 그의 도움, 그러니까 헤로의 눈과 비슷한 눈을 가진 누군가의 도움을 얻어내 친구 마사니아 부쿠르가 알고 싶어하는 네 개의 눈 모두에 눈을 뜨려는 정신 나간 희망을 마음에 품고 있다는 사실을 누가 짐작이나 할 수 있겠는가? 물론 폴란드로의 여행과 그곳에 머물러야 할 실질적 이유와 현실적 목적이 의사의 친척이 소유한 저택에서 예정되어 있는 콘서트였기 때문에 이 모든 것이 내 친구가 마음만 바꾸면 없던 일이 될 수도 있었다. 하지만 이 후자의 가정에 대해선 이의가 제기될 수 있다. 그 이의를 제기하게 되는 것은 바로 나였다. 그 콘서트가 이 여행의 목적이라면 도대체 이 일에 내가 필요한 이유가 무엇이란 말인가?

우리 모임의 주관자는 거의 말이 없었기 때문에 그의 입술은 침묵 속에 잠겨 있었으며, 그가 한마디쯤 말을 할 때면 다 익은 양귀비처럼 입이 열리곤 했다. 우리는 그의 차를 타고 황혼녘을 지나쳤으며, 그러는 동안 나는 잠을 자려고 애썼다. 비에즈비츠키가 차를 세웠고, 우리는 차에서 내렸다. 그는 우리에게 무엇인가를 보여주고 싶어 했다. 이미 어둠이 밀려와 있었지만 그가 파이프에서 그 방향으로 내뿜은 은색 연기 속에서 우리에게 보여주려고 하는 것이 확연하게 드러났다. 우리 앞에 놓여 있는 것은 기후 경계선이었다. 똑바르게 그어진 일직선이 눈으로 볼 수 있는 가시거리까지 아주 멀리 그 지역을 관통하고 있었고, 그것은 풀의 아래쪽으로 자리한 눈이 내리는 지역과 건조 지대 사이의 경계를 표시해놓은 것이었다. 잠시 동안 우리는 그곳이 마치 우리 집의 안방이라도 되는 양 건조한 지역에 서 있다가 이어 걸음을 옮겨 눈보라 지역으로 자리를 옮겼다. 그리고 그때 우리는 곧바로 그 성을 보게 되었다. 성의 문 양쪽에 손전등이 밝혀져 있었으며 불빛이 내리는 눈을 비추고 있었고, 그 불빛의 이쪽으로 내리는 눈은 검정빛이었으며 저쪽으로 내리는 눈은 흰빛이었다.

우리는 곧 사람의 손 모양으로 생긴 손잡이가 달린 어떤 거실로 들어갔다. 나는 피아노 쪽으로 걸어갔으며 그곳에서 마나시아는 자신의 바이올린을 내려놓을 자리를 찾아냈고, 피아노 뚜껑 위에는 책이 한 권 놓여 있었다. 바로 그 순간, 주인 여자가 문의 손잡이를 잡아 돌려 문을 열고 들어와 우리와 악수를 나누었다.

그녀의 드레스가 바스락거렸고, 스타킹은 서로 스치고 있었다. 내 귀에는 그 소리가 거슬렸다. 그녀는 머리를 거의 남김없이 뒤로 넘기고 있었지만 귀와 목은 그녀의 얼굴 쪽으로 남겨두고 있었다. 그날 저녁, 그녀는 겨울에는 음식을 담기 전에 접시에 소금을 쳐야 한다는 것을 내게 알려주었다. 소금을 두 배로 치면 우리의 몸이 두 배로 따뜻하게 유지되기 때문이었다. 우리 뒤에 양쪽으로 여닫는 문이 열렸고, 옆쪽의 홀에 4인용 식탁이 마련되어 있는 것을 보았다. 식탁 위에는 세 갈래 가지가 있어 세 개의 초를 동시에 켤 수 있는 촛대 두 개가 놓여 있었으며, 그 때문에 한 개짜리 촛대보다 훨씬 밝은 빛을 발하고 있었다. 이중창의 바깥쪽 창이 약간 열려 있었기 때문에 나는 하나의 촛대가 이중으로 창에 비치면서 눈 내리는 밤의 유리창 뒤로 여섯 개의 촛불이 아니라 열두 개의 촛불이 밝혀져 있는 것을 볼 수 있었다. 그 빛 속에서 우리가 앉은 의자의 곡선이 마치 왁스로 광을 낸 듯 반짝이고 있었다.

주인 여자가 먼저 한입을 먹더니 프랑스어로 "본 아페티(맛있게 드세요)"라고 말을 하고는, 이어 비에즈비츠키 박사를 바라보았다. 나는 그가 비밀스럽게 조용히 하라고 그녀에게 신호를 보내는 것을 봤다는 느낌이 들었다.

"오, 나의 착한 천사여, 그대는 정말 나를 완전히 포기했던 건가요?" 그녀가 느닷없이 내게 프랑스어로 이렇게 말했다. 나는 너무 놀라서 그녀를 쳐다보았다. 그 순간 그런 말이 나올 때까지 두 사람 사이에 공통된 것은 전혀 없었으며 형식적인 교류 이상을 단 한 뼘도 넘어가지 않은 관계였기 때문이었다. 그런데 여기에 더하여 비에즈비츠키 박사가 자신의 숟가락을 내려다보며 마나시아 부쿠르에게 프랑스어로 훨씬 더 놀라운 말을 건넸다. "나는 당신을 기다렸소. 당신의 생각이 오래가지 못할 것이며, 당신의 후회는 훨씬 더 짧게 끝나리란 것을 알고 있었기 때문이오!"

잠시 나는 비에즈비츠키 박사의 눈이 정말 헤로의 눈과 비슷하게 보여 한쪽 눈에는 낮이, 다른 쪽 눈에는 밤이 담겼다는 생각이 들었으며, 집주인들이 보통 때처럼 우리와 대화를 나누던 방식을 멈추고, 여기 (우리에게) 낯선 이 이국의 땅에서 그들이 갑자기 그들의 가면을 벗고, 그들의 어떤 카드를 탁자 위에 올려놓았다는 것을 깨달았다. 마나시아는 마치 바이올린의 활에 사용하는 송진가루를 바른 듯 얼굴이 창백해졌고, 초조하게 자신의 두 손을 비벼대고 있었다. 그때 나를 구한 것은 미래에 대한 나의 얄팍한 감지력이었다. 나는 수저를 내려다보았다. 그것은 은제 수저였으며, 나는 그것을 이용하여 식사를 하고 있었다. 우리는 류트[31]와 비슷하게 생겨 불꽃 위에서 흔들 수 있는 점토 접시에 조리되어 있는 수프를 떠서 먹었으며, 그 때문에 침전물이 수프액 속으로 섞이지 않고 비대칭적 형태의 그릇 밑바닥에 남아

---

31) 연주법이 기타 비슷한 오래전의 현악기.

있었다. 이어 몹시 뜨거우면서도 거의 마른 상태의 소스가 나왔으며, 맛은 약간 시큼한 편이었다. 우리는 사슴뿔로 만든 용기에 담아둔 소금으로 간을 맞추었다. 잠시 동안 우리는 화가 치밀어 오르고, 속에서 욱하고 무엇인가 올라오는 느낌이 들었으며, 비에즈비츠키 박사의 눈에선 불꽃이 튀고 있었다. 나는 그의 오른쪽 눈이 여자의 눈이며, 왼쪽 눈이 남자의 눈이라는 것을 분명하게 확인할 수 있었다. 우리가 수저를 포크로 바꾸었을 때, 그는 마치 끊긴 대화를 이어가려는 듯 마나시아를 똑바로 바라보며 다시 프랑스어로 이렇게 말했다. "사랑하는 나의 사람아, 나는 그것이 행동으로 옮기기엔 비열하고 나쁜 방법이었다고 생각해!" 그 말과 함께 그의 입술이 마치 구운 밤처럼 벌어졌다.

나는 포크를 집어들고 그것을 손에 움켜쥐었으며, 이제 일이 터졌다는 것을 알 수 있었다. 내 친구 마나시아 부쿠르가 그의 누이 헤로에게 갖고 있던 질문의 답이 바로 여기, 비에즈비츠키 박사와 그의 여자 친구가 마련한 저녁 식탁 위에 있었다. 마치 헤로가 달리 방도가 없어서 비에즈비츠키 박사의 입술을 빌린 듯했다.

마나시아가 미치광이처럼 이들의 말을 잡으려는 듯 뛰어다녔고, 우리가 놀라움 속에 그를 지켜보는 가운데 그가 방에서 뛰쳐나갔다…… 잠시 후 우리는 현관에서 어떤 소리가 나는 것을 들었다. 처음에 나는 그를 뒤따라가 그를 멈추고 싶었다. 나는 그가 무엇을 하려고 하는지 알고 있었기 때문이다. 하지만 무엇인가가 내가 그것을 하지 못하도록 가로막았다. 물론 나를 막은 것이 마나시아가 눈보라 속을 걷다가 피곤해지면 곧바로 돌아올 것이라고 주장하며 나를 안심시켰던 우리의 친절한 집주인들은 아니었다. 나를 막은 것은 마나시아를 구원할 길이 있다면 뭐라고 설명할 수는 없지만 모든 일이 일어나고 있고, 운명적인 말들이 마구 쏟아져 나오고 있으며, 처음부터 내 자신의 귀를 거의 믿을 수가 없었던 저녁 식사 자리의 대화가 이루어지고 있는, 바로 이 방의 비밀을 이 사람들과 함께 풀어야 하는 것이 나의 몫이라는 확신이었다. 그래서 나는 방에 그대로 머물렀으며, 나의 두려움을 숨긴 채 피아노 위에 놓여 있는 마나시아의 바이올린을 바라보고 있었다.

녹빛의 포도주와 함께 송진 냄새를 풍기는 또 다른 포도주가 그물망 무늬의 작은 은제 주전자에 담겨서 나왔다. 나는 먼저 나온 포도주의 색은 5년 전에 나중에 나온 송진 냄새의 포도주로 색을 낸 것이라는 설명을 들었다.

"당신도 알겠지만 사람들은 북쪽에서 남쪽으로 흐르는 강보다 그 반대인 남쪽에서 북쪽으로 흐르는 강에서 나오는 생선이 더 맛있다고 하더군요. 마개를 연 적포도주의 병을 우리가 먹고 있는 생선 속으로 넣은 뒤에 꿰매어 포도주가 불의 열기를 통해 살 속으로 사라지게 하는 요리 방식이 있죠……" 비에즈비츠키 박사가 내게 말했다.

비에즈비츠키는 이번에는 폴란드어로 말을 했으며, 그가 말한 것에 이상한 부분은 전혀 없었지만 나는 그들이 모두 손으로 잔의 아래쪽 길쭉한 부분을 잡고 잔을 빙글빙글 돌리며 다시 나를 이상하게 쳐다보고 있다는 것을 깨달았다. 그리고 나는 마치 꿈속에서 시간을 보내고 있기라도 한 것처럼, 아마도 이 식사의 안단테 부분에서 좀 더 천천히 숨을 쉬고 있었던 탓이었겠지만, 그들이 내게 내놓은 것이 무슨 음식인지 전혀 모른 채 이미 한 시간 동안 식사를 하고 있다는 것을 눈치챘다. 나는 전에 나온 요리들에선 하나같이 전혀 맛을 느낄 수가 없었다. 이번에 나온 것은 연어였으며, 등지느러미를 잘라내고 깨끗이 정리한 뒤 뒤집어서 장밋빛 색을 입힌 자작나무 불에 얹어 생선살을 '직화'로 구워낸 것이었다. 다음에 우리에게 나온 것은 사슴 고기였고, 달빛 아래서 사냥하여 밤새 서리를 맞힌 사슴으로 만들었기 때문에 차고 검었으며, 살코기 부분은 창자로 묶어놓고 뼈는 말총으로 두껍게 감아놓아 손에서 미끄러지는 법이 없이 쉽게 고기를 입으로 가져갈 수 있었다. 그것에 시큼한 체리로 만든 소스를 더하자 온갖 향취가 풍겼다. 우리는 우울한 기분을 느꼈으며, 우리의 은제 포크는 뼈에 닿을 때까지 천천히 그 고기를 뚫고 들어갔고, 우리의 칼은 고기 속에서 포크의 끝을 만나 천천히 고기를 더듬고 있었…… 그리고 나는 앉아서 음식을 먹으며 기다리고 있었다. 그 뒤에 일어난 모든 일은, 굳이 사실을 말하자면 그 비밀이 드러나기 전에 지나간 시간이 몇 분 이상이 되지 않았음에도 불구하고 내게는 지독할 정도로 느리고 길게 느껴졌다.

식탁 위에는 식물과 땅에서 나는 즙, 바다에서 나는 과실, 광물, 은, 불꽃, 그리고 고기가 뒤섞여 있었다. 그중 가장 아름다운 것들 가운데 하나는 조개를 가득 채워서 나무 대신 마른 서양 고추냉이 위에서 구운 페이스트리[32]였다. 그것은 마치 보이지 않는 거장이 조개를 통하여 우리에게 말을 전하고 있는 듯한 음식이었으며 나는 그가 평생 동안 한가지의 똑같은 음식을 지속적으로 만들어왔고, 만약 그가 한 번도 그 음식을 성공적으로 완성하지 못했다면 그동안엔 지금 내놓은 음식과 같은 것이 있을 수 없었을 것이며, 또 이 정도의 음식을 다시 만들어낼 수는 없기 때문에 그가 다시는 이런 음식을 만들어내지 못할 것이라 생각하고 있었다…… 그리고 나는 그가 보고 싶어졌다.

"이 방 안에 있는 네 번째 사람은 누구입니까?" 내가 집주인들에게 물었다.

"마침내!" 비에즈비츠키가 안도한 듯 외치며 어떤 신호를 보냈다. 그러자 촛불 속에서 커다란 흰색 모자의 아래쪽으로 셔츠의 단추를 목까지 채우고 있는 작은 남자가 나타났다. 모자의 아래쪽에선 불과 물에 익숙해져 있는 두 개의 회색 눈동자가 촛불의 밖을 바라보고 있었고, 곱슬대는 털이 뿌려져 있는 양손에는 마치 어떤 종류의 문자처럼 푸른 정맥이 솟아 있었다. 그는 미소

---

32) 밀가루에 기름을 넣고 우유나 물로 반죽한 뒤 얇게 펴서 만드는 작은 케이크.

를 지으며 우리에게 인사를 했지만 미소는 그의 얼굴에 패인 주름 때문에 갑자기 잘리고 말았다. 그는 마치 마나시아 부쿠르를 대신하여 인사를 하고 있는 듯했지만, 마나시아의 바이올린은 여전히 말없이 피아노 위에 놓여 있었다.

"당신은 자신의 예술에서 어떻게 성공을 거두었는지 한 번도 우리에게 얘기한 적이 없어요. 이제 그 얘기를 좀 해주시죠." 비에즈비츠키 박사가 촛불 속의 요리사에게 말했다.

작은 남자가 답했다. "비밀은 전혀 없습니다. 요리의 기술은 손을 쓰는 재주에 달려 있어요. 손가락을 날렵하게 유지하기 위해선 최소한 하루에 세 시간은 연습을 해야 합니다. 마치 음악가처럼 말입니다……"

사실 그날, 그 작은 남자의 손에는 그곳에 있던 마나시아의 악기 상자 속에 든 것과 똑같은 재질의 것들이 들려 있었다. 은과 광석, 동물의 내장과 뼈, 나무, 조개껍데기, 광물, 말총과 같은 것이 모두 마치 원래 그곳에 있었던 것처럼 양손 사이에 촘촘하게 펼쳐져 있었다. 이미 오래전에 음악이 나를 떠난 지금, 그는 다른 수단을 이용하여 똑같은 것들에게 활기를 불어넣으며 나에게 음악에서 완전히 멀어지지 않을 수 있는 또 한 번의 기회, 또한 번의 순간을 가져다주고 있었다. 이것은 식사가 아니었다. 이는 지구와 그곳의 산과 들, 그곳의 강, 그곳의 바다, 그곳의 바람, 그곳의 불, 그곳의 식물, 그곳의 야생동물, 그리고 그것을 죽여서 죽음으로 영양분을 섭취하는 삶의 능력을 갖춘 우리 인간의 손기술에 바치는 장엄한 찬가였다.

커피와 케이크가 반짝이는 진주와 상아로 장식된 중국풍의 작은 응접실로 빠르게 옮겨진 것은 아무것도 아니었으며, 그와 함께 한겨울인데도 백색 도료를 발라 밀로 채워놓은 나무 상자에 넣어둔 덕택에 11월까지 그대로 보존된 수박이 나왔다. 수박에선 노간주나무로 만든 널빤지 냄새가 났고, 이것이 악기의 냄새와 같아서 나는 오랫동안 잊고 지낸 4중주의 두 번째 파트, 즉 내 친구인 마나시아 부쿠르의 바이올린 파트를 연주할 수 있을 듯한 느낌이 들었다. 하지만 그러기엔 때가 너무 늦었다. 나의 4중주에서 나머지 두 파트는 영원히 내 능력이 미치지 않는 부분이었으며, 그것을 알려줄 수 있는 사람도 없었고, 나는 이 봉인의 네 부분, 그러니까 세 명의 남자 부분과 한 명의 여자 부분을 붉은 실로 묶어 아토스 산으로 가는 내 자신만의 입국 허가를 받아내는 것이 불가능하다는 것을 잘 알고 있었다. 그것이 내가 처한 상황이었다…… 하지만 부쿠르의 경우에는 아직 아무것도 설명이 되지 않고 있었으며, 그것이 바로 내가 이 자리에서 계속 기다리고 있는 이유였다.

그때 나의 끈기가 한계에 다다르면서 내가 마치 평생 동안 하늘의 구름과 내 입속의 뼈를 하나하나 세어오기라도 한 듯 그 끈기가 엄청난 피곤으로 바뀌었다. 우리가 아이스크림 수저를 들자마자 다시 대화가 이어졌고, 그 대화에 참여하기 위해 나는 젖 먹던 힘까지 다 내야 했다.

"난 당신이 내 방으로 와서 밤을 보내는 게 좋지 않겠냐고 권하고 싶네요." 주인 여자가 자신의 은제 수저를 만지작거리며 다시 내게 프랑스어로 말했다.

나는 놀라서 몸이 얼어붙었다. 비에즈비츠키 박사는 자신의 수염 뒤에서 빙긋이 웃으며 자리를 지키고 있었고, 나는 결국 내 자신의 수저를 뒤집어놓으며 재빨리 프랑스어로 응답했다. "뭐라고요? 사람들이 금식을 하는 이 성금요일에 말인가요?"

그러자 집주인들이 웃음을 터뜨렸다. 마침내 모든 것이 분명해졌다. 저녁 식사를 하는 동안 그들은 우리에게 말을 하고 있었던 것이 아니라, 우리만 모르는 어떤 게임을 하고 있었다. 그들은 자신들의 손에 든 은제 칼이나 포크, 수저 등에 새겨진 글을 읽고 있었다. 그리하여 이번에는 내가 그렇게 해보았다. 그러자 우리가 사용하는 포크와 칼의 은제 손잡이에 새겨진 글귀가 어디에서 온 것인지 기억이 났다.

그것은 얀 포토키의 책에 나오는 대화였다. 스페인 동북부의 사라고사에서 그의 필사본이 발견되었는데 그 필사본에 들어 있는 좋은 구절들이 고급스런 은제 칼이나 포크, 수저 세트에 새겨져 있었다. 포토키에게서 가져와 포크나 수저, 은제 냅킨 고리에 새겨놓은 문장들 가운데는 물론 마나시아와 내가 마나시아의 질문에 대한 신비로운 답으로 받아들였던 문장도 들어 있었다. 그가 자신의 누이 헤로에게서 그렇게 들으려 했던 답이기도 했다. "내 사랑하는 동생아, 나는 그것이 행동으로 옮기기엔 비열하고 나쁜 방법이었다고 생각해!"

　나는 곧바로 그곳을 떠났으며, 어디에선가 부쿠르가 그 문장을 자신의 입술 위에 얹고 죽어가고 있을 것이고, 내가 그 은제 날붙이에 대한 진실을 그에게 밝혔을 때만 그를 구할 수 있다는 사실을 알고 있었다. 나는 끔찍한 폭풍우가 치는 가운데 상당히 늦게 바르샤바에 도착했다. 하지만 훨씬 더 끔찍했던 것은 내가 우리 숙소에 너무 늦게 도착하여 그를 살리는 데 필요한 어떤 도움도 줄 수가 없었다는 것이었다. 마나시아 부쿠르는 침대에 누워 있었다. 그의 손에 들린 양초는 이미 반쯤 타버린 상태였고, 하인이 내게 그가 남긴 짧은 편지를 건넸다.

　"나는 내 자신의 자유의지로 죽어가고 있는 것이며 행복하다. 내 평생의 질문에 대한 답을 얻었기 때문이다. 나는 이제 그녀가 얀 코발라 때문이 아니라 나 때문에 자살했다는 것을 알게 되었다. 누이가 내게 '사랑하는 내 동생아'라고 말했으며, '나는 그것이 행동으로 옮기기엔 비열하고 나쁜 방법이었다고 생각한다!'는 말을 들을 수 있었다. 헤로는 내가 얀을 사랑했기 때문이 아니라 누이를 괴롭히기 위해 얀을 선택한 것과 똑같이 나를 괴롭히기 위해 얀을 선택했다. 누이와 나는 모두 코발라에게는 전혀 관심이 없었다! 헤로는 서로를 만지고 느끼는 것이 결국에는 가능할 것이라고 생각하며 죽었다!

　"추신 : 네가 앞으로 해줄 일들에 감사의 말을 전한다.

　너의 부드러운 손가락에 나의 입맞춤을 보낸다."

나는 그 편지를 침대 옆의 바닥에 내려놓은 뒤, 이 슬픈 일들의 끝에 남겨진 가방과 도구들이 들어 있는 묵직한 상자를 그 위에 올려놓았다. 나는 관 위로 몸을 숙여 그의 얼굴을 쓰다듬었다. 나는 그의 왼쪽 눈을 제자리로 돌려놓고(그의 경우에는 왼쪽 눈이 남자의 눈이었다), 여자의 눈인 다른 쪽 눈 주변으로 나 있는 주름을 매끈하게 펴주었다. 살아 있을 때 그는 오른쪽 눈을 두 배나 더 많이 깜빡거렸고, 그래서 왼쪽 눈보다 더 빨리 노화되었고, 더 깊은 피로를 느끼고 있었다. 나는 예전처럼 멋지게 보일 수 있도록 그의 얼굴에서 이목구비를 반듯하게 만져주었다. 그리고 이어 회색의 석회 혼합액을 그의 얼굴에 발라 데스마스크를 떴다……

불행히도 세상에는 신비로운 것이 하나도 없다. 세계는 비밀로 가득 차 있지 않으며, 오히려 귀를 울리는 윙윙대는 소음들로 가득 차 있다. 내가 한 이야기도 모두 채찍질 한 번에 날아가버릴 수 있는 것일 수 있다! 다만 내가 인연을 가졌던 그 사람들은 이를테면 예외적으로 무엇인가를 다른 보통 사람들보다 약간 더 많이 알고 있었던 것뿐이다.

석회 혼합액이 굳기를 기다리면서 나는 헤로와 불행한 내 친구에 대해 생각했다. 나는 헤로가 자살을 한 것이 아니라 살해된 편에 가깝다는 것을 오래전에 알고 있었다는 얘기를 털어놓지 않을 수 없다. 그녀는 얀 코발라 중위에 의해 질투가 불러온 분노나 어떤 다른 종류의 분노에 의해 살해되었다. 그리고 당시 이야기의 이 부분은 그에게 정말로 큰 상처가 될 수 있었기 때문에 헤로의 남동생에게는 조심스럽게 숨겨놓을 수밖에 없었다. 얀은 군 당국에 스스로 자수하기 전에 잘라낸 헤로의 머리를 3일 동안 아파트에 숨겨놓고 있었으며, 군 당국은 그 사실을 세간의 주목을 피하면서 감쪽같이 은폐했다.

그 미친 중위에 따르면 헤로의 머리는 3일째 되던 그날의 저녁때까지 아무 소리 없이 있다가 바로 그날 저녁 남자 같은 굵은 목소리로 끔찍하게 비명을 질렀다고 한다.

번역을 시작하고 나서 가장 먼저 부딪힌 문제는 내 자신의 능력과 앎이 많이 부족하다는 사실이었다. 그럼에도 불구하고 번역을 손에서 놓진 못했다. 그것은 첫 몇 페이지를 읽어보는 것만으로 한눈에 알 수 있었던, 그 누구도 부정할 수 없는 이 소설의 뛰어난 작품성 때문이었다. 놀랍도록 뛰어난 좋은 작품은 나로 하여금 능력 부족에도 불구하고 욕심을 내게 만들었으며, 부족한 능력은 두 번 세 번 들여다보는 것으로 채워나갈 수밖에 없었다. 여러 차례 들여다보며 노력했으나 여전히 미숙한 부분이 있을 줄 안다. 어떤 쓰디쓴 조언이나 충고도 달게 받을 결심을 해두었다.

이미 번역본이 나와 있는 소설이어서 첫 번역본을 참조했으며, 많은 도움을 얻었다. 세르비아어로 된 원본이 아니라 1993년에 나온 영어판을 번역 대본으로 삼았다. 대부분 새롭게 옮겼으나 그래도 유사한 부분이 있을 것이다. 그런 부분에 대해선 양해를 구한다.

번역하는 과정에서 많은 분들에게 도움을 얻었다. 소설 속의 라틴어 구절은 친구인 최영선 수사를 통해 우리나라 라틴어 전문가 가운데 가장 뛰어난 분으로 손꼽히는 성염 교수님께 도움을 얻었다. 또 그리스어 부분은 김종필 목사를 통해 그리스에 살고 있는 김정순 씨의 남편 분께 도움을 얻었다. 아울러 음악과 관련된 용어가 나올 때마다 김종필 목사의 아내 정신실 씨에게 조언을 구했다. 소설 속엔 프랑스어로 된 부분도 있다. 이 부분은 프랑스에 유학 중인 박재은 씨로부터 도움을 얻었다. 도움 주신 모든 분들에게 감사드린다.

도서출판 리젬과 이리의 직원들에게도 감사의 뜻을 전한다. 아울러 기한 없이 시간을 보내고 있는데도 믿고 기다려준 안성호 대표에 대한 감사 인사를 빠뜨릴 순 없다.

감사 인사의 마지막 자리는 가족들로 채우려 한다. 아들이 하는 일이면 그것이 무엇이든 언제나 전적으로 아들의 원군이 되어주시는 어머께 가장 먼저 감사의 말을 전한다. 마침 일본에 유학 중이어서 일본어 번역판을 들여다보며 미심쩍었던 부분에 대해 도움을 준 나의 사랑하는 딸 김문지에 대한 감사의 마음이 크다. 솔직히 고백하건데 딸의 도움으로 상당수의 오역을 바로잡을 수 있었다. 그리고 마지막 감사의 말은 평범한 독자의 입장이 되어 꼼꼼히 읽어보고 조언을 아끼지 않은 나의 그녀, 조기옥의 몫이다. 모두 사랑한다.

사랑은 어떻게
시간의 바다를 건너는가

1. 바람의 안쪽과 시간의 바다

밀로라드 파비치의 소설 『바람의 안쪽』은 『헤로와 레안드로스 이야기』라는 부제를 갖고 있다. 소설은 제목과 부제만으로이 소설이 기대고 있는 두 가지를 보여준다. 그 하나는 당연히"바람의 안쪽"이고 또 다른 하나는 그리스신화인 "헤로와 레안드로스 이야기"이다.

"바람의 안쪽"이 무엇을 가리키는 것인지는 소설을 읽어보아야 알 수 있다. 즉 소설에 기대지 않으면 그 말의 뜻을 미리 헤아린다는 것은 불가능하다. 아울러 소설을 읽은 사람이라면 누구나 그것이 무엇을 가리키는 것인지 짐작할 수 있다.

맞다. 소설에 의하면 그것은 "비를 뚫고 바람이 불 때 여전히 비에 젖지 않고 마른 상태로 남아 있는 부분"을 가리킨다. 제목으로 사용되었으니 이 소설에서 중요한 비중을 차지하고 있는 말이 분명하지만 소설 속의 설명만으로는 이 말의 의미를 알기가 쉽지 않다. 물론 그런 연유 중의 하나는 이 말이 의미한 방향을 가늠해야 할 몫을 파비치가 독자에게 남겨두었기 때문이기도 하다. 나는 그 몫을 기꺼이 감내했으며, 그런 내게 바람의 안쪽에 대한 설명은 "젖지 않"는다는 말에 초점을 맞추게 만들었다. 바람의 바깥쪽은 비가 올 때마다 비에 젖으나 바람의 안쪽은 비가 와도 젖지 않는다. 따라서 바람의 안쪽은 언제나 변함이 없다. 즉 바람은 비가 오면 젖는 부분이 있지만 동시에 비가 와도 젖지 않는 부분이 있다. 아마 그 비에 젖지 않는 부분은 수백 년 동안 셀 수 없이 많은 비가 와도 수백 년 전과 똑같을 것이다.

소설을 읽고 난 나는 바람의 자리에 사랑이란 말을 집어넣었다. 그러자 소설은 사랑은 세상에 이리저리 시달리지만 수백, 수천 년이 지나도 변함이 없는 부분이 있다고 내게 말한다. 마치 바람의 안쪽처럼. 사랑은 변색되고 닳아가면서도 변하지 않는 부분을 동시에 갖는다. 비가 올 때 비에 젖는 것은 피할 수가 없는 일이다. 그러나 우리는 비가 와도 비에 젖지 않게 해야 하는 부분을 동시에 갖고 있어야 한다. 나는 바람의 안쪽이 의미하는 방향을 그렇게 읽었다.

바람의 안쪽이 의미하는 방향을 짐작하는 일은 이 정도로 해둔다. 다음은 "혜로와 레안드로스 이야기"이다. 이는 그리스신화에 나오는 이야기이다. 이 이야기의 지역적 배경은 헬레스폰트 해협이다. 지금은 다다넬스 해협이라고 불리고 있다. 이 해협은 터키의 것이지만 이 해협을 중심으로 유럽과 아시아가 갈라진다. 이 해협의 아시아 쪽 도시가 아비도스이고, 유럽 쪽의 도시는 세스토스이다.

레안드로스는 아비도스에 사는 청년이고, 헤로라는 아름다운 처녀는 세스토스에 있는 아프로디테 신전의 여사제이다. 둘은 사랑에 빠진다. 레안드로스는 조류가 험한 헬레스폰트 해협을 건너 매일 밤 헤로를 만나러 간다. 그가 해협을 건너는 동안 신전의 헤로는 탑에서 횃불을 밝혀 헤엄치는 그의 길을 안내한다. 밤에 헤엄쳐 건너가 만나야 했던 것은 신전의 여사제에게 남자와의 사랑이 금지되어 있었기 때문이다. 그들의 사랑은 비극으로 끝난다. 신화는 어느 날 폭풍우로 헤로의 횃불이 꺼지고, 그 때문에 레안드로스가 바다에서 길을 잃고 바다에 빠져 죽었으며, 바닷가로 밀려온 시신에서 그의 죽음을 확인한 헤로 또한 탑에서 바다로 뛰어내려 목숨을 끊었다고 전한다.

이 이야기는 소설에서 여러 차례 언급되지만 전해지는 신화와는 약간 다르다. 신화는 금지된 사랑에 대한 신의 노여움으로 폭풍우가 불어 횃불이 꺼졌다고 하지만 소설 속에선 횃불을 끈 것이 헤로의 남동생이다. 그 부분은 소설 속의 헤로가 자신이 가

르치는 소년에게 해주는 이야기에서 드러난다. 헤로는 이렇게
말한다.

"어느 이야기에 따르면 헤로의 남동생이 배 위에서 램프
를 켜 또 다른 불빛으로 레안드로스를 바다 멀리 유인한
뒤 램프의 불을 꺼버렸대. 그리고선 레안드로스가 헤로
로부터 멀리 떨어진 어둠 속에서 물에 빠져 죽도록 내버
려두고 그는 해변으로 돌아왔다고 해."

소설을 다 읽고 나면 우리들은 알게 된다. 그것이 질투로 인
해 누군가 죽게 되는 상황에 대한 암시였음을.
신화에 대한 또 다른 언급은 레안드로스에게서 들을 수 있
다. 신화를 알기 전에 레안드로스는 이미 이 신화의 무대가 된
헬레스폰트 해협을 다녀온 적이 있었다. 신화 속에선 둘을 가로
막은 것이 해협의 물결이라고 나오지만 소설 속 레안드로스는
여행 중에 지나쳤던 세스토스에 대한 경험으로부터 "유럽이 물
뿐만 아니라 바람, 그러니까 시간에 의해서도 아시아로부터 갈
라져 있다는 것을 알게 되었다"고 말한다. 그 얘기는 헬레스폰트
해협을 사이에 두고 마주보고 있는 아시아 쪽의 아비도스와 유

럽 쪽의 세스토스가 그 시간을 달리할 수 있다는 뜻이다.

　이는 아비도스와 세스토스만 그런 것은 아니다. 전 지구에 걸쳐 어디서나 똑같이 하루는 24시간을 가는 것 같지만 실제로는 그렇지 않다. 우리가 컴퓨터 앞에 앉아 보내는 시간과 어느 하루 집을 떠나 산행에 나서 문명을 버린 채 보내는 시간은 전혀 다른 시간일 수 있다. 그때 우리는 숲에서 오늘 현재의 시간이 아니라 아득한 태초의 시간에서 크게 움직이지 않은 시간을 만난다. 그것은 원시의 시간이다. 그 원시의 시간에서 오랜 진화의 시간이 흐른 뒤에 문명의 시간이 나타나며 그 문명의 시간, 그 끝에서 우리는 컴퓨터의 시간에 이른다. 그러나 컴퓨터의 시간이 원시의 시간을 삼켜버리진 못한다. 그 때문에 우리는 문명의 시간과 원시의 시간을 동시에 살아갈 수 있게 되었다. 우리는 일요일의 하루, 원시의 시간으로 외출을 했다 다시 컴퓨터의 시간 앞으로 되돌아온다. 그때 우리는 아득한 시간의 바다를 건넌다.

　소설 『바람의 안쪽』에서 바람은 결국 시간이다. 그 시간은 바깥쪽과 안쪽이 있다. 바깥쪽은 비가 오면 젖는 쪽이고, 안쪽은 비가 와도 젖지 않는 쪽이다. 비는 우리가 사는 시대이고 오늘이다. 시간은 오늘에 부단히 간섭을 받으며 흘러간다. 그러나 현재는 동시에 전혀 시간을 간섭하지 못한다. 그 때문에 시간이 아무리 흘러도 언제나 그대로 보존이 되는 부분이 있다. 그것이 바로 바람의 안쪽이자 시간의 안쪽이다.

소설 『바람의 안쪽』은 사랑을 통하여 시간의 바다를 건너고 있는 헤로와 레안드로스, 그 각각의 사랑에 관한 이야기이다. 둘은 동시대에 만나 사랑하지 못한다. 그러나 40억 년의 시간이 흐른 지구에서도 여전히 우리의 곁에 있는 원시의 시간처럼, 그 사랑은 아무리 비가 와도 젖지 않은 채 끊임없이 변하고 있는 현재의 시간을 건넌다. 당연히 그들의 사랑을 살펴보지 않을 수 없다.

2.   레안드로스의 사랑

레안드로스의 특징이자 장점은 행동이 빠르다는 것이다. 어렸을 때 이미 그 조짐이 보인다. 소설은 어릴 때의 레안드로스를 가리켜 그가 "3분의 1밖에 안 되는 짧은 시간에 다른 사람들이 먹는 것과 똑같은 양의 식사를 해치웠다"라고 전한다. 그가 음식을 먹는 속도가 다른 사람의 세 배에 달할 정도로 빨랐다는 것이다. 또 소설은 "찌는 듯한 더위가 기승을 부리는 여름철의 금식기간에 누군가 헤르체고비나에서 강까지 고기를 잡으러 소총 사정거리의 20배 정도 되는 거리를 가야 할 때면 사람들은 레안드로스를 강으로 보냈으며, 그만이 물고기를 잡아 쐐기풀로 감싼 뒤 상한 냄새를 풍기기 전에 돌아올 수 있었다"라고 말한다. 그 얘기는 그만이 무더운 여름날에도 물고기를 잡아서 상하기 전에 마을로 돌아올 수 있었다는 뜻이다.

그러나 레안드로스는 자신의 가장 큰 장점을 그대로 살리면서 살아가지 못한다. 그가 가족과 고국의 품을 떠나 배운 것은 자신의 가장 큰 장점을 숨기는 것이었다. 그가 발견한 이러한 은폐 능력을 가진 대표적 동물은 낙타였다. 그의 눈에 "낙타들은 실제로는 신속하고 효율적으로 완벽하게 공간을 이용하는 놀라운 능력을 숨기고 있었"으며, 그 능력을 이용하여 실제로는 빠르게 걸을 수 있으면서도 느릿느릿 걸어가는 동물이었다. 그도 낙타를 닮으려고 애를 쓴다. 그는 "게으름 속에 숨긴 빠른 속도"를 인생의 목표로 삼는다. 그 목표는 아주 효과적으로 이루어진 듯 보인다.

그러나 우리들이 우리 자신을 숨길 수 없는 순간이 있다. 바로 사랑할 때이다. 레안드로스에게는 그것이 데스피나를 만난 순간이다. 그 순간 그는 빠르다는 자신의 속도를 숨기지 못한다. 그리하여 사랑의 순간, 그는 지나치게 빨리 사정하고 만다. 현대에서 이는 질환이지만 소설은 어디에서도 이를 질환의 하나로 언급하지 않는다. 소설 속에서 그것은 단지 속도의 차이일 뿐이다.

이러한 속도의 차이는 그 둘이 한 몸이 될 수 없도록 가로막는다. 대개는 이런 경우 사랑은 끝이 난다. 그러나 사랑은 그런 것은 아니다. 사랑은 잘 맞는 사람과 만나 이루는 것이 아니라 잘 맞지 않는 데로 발을 뺄 수 없는 것이 사랑이다. 말을 바꾸면 몸으로 하나 되지 못한다는 이유로 포기할 수 없는 것이 사랑할 때의 우리들이다. 데스피나가 레안드로스를 사랑한 것은 분명하다. 둘이 몸으로 하나 되기를 시도한 마지막 날, 그날도 실패를 하자 데스피나가 레안드로스로 하여금 "양초를 이용하여 그녀의 처녀성을 가져갈 수 있도록 해주었"기 때문이다. 그녀에겐 몸으로 하나 되지 못해도 몸을 내줄 수 있는 길이 있다. 사랑이 그 길을 밝혔을 것이다.

둘은 헤어지지만 레안드로스는 헤어지고 난 뒤 그가 남겨진 수도원에서 본 한 성화상을 통하여 하나 된다는 것이 다른 방식을 통하여 가능하다는 것을 깨닫게 된다. 그에게 그 방식은 원형으로 이어지는 교회를 짓는 것이었다. 그리하여 그는 "지차와 모라바, 스메데레보, 슬란카멘, 드레노비차 사이로 놓인 대지에" 교회를 짓는다. 그 교회를 이으면 거대한 그리스문자 세타(θ)가 된다. 그것은 그가 아는 유일한 글자라고 되어 있지만 아울러 그 문자에 담긴 것이 그의 사랑임을 부정하긴 어렵다. 사랑은 때로 몸이 아니라 그렇게 거대한 문자인 세타에 담겨 몸과 몸을 잇는 사랑이 되기도 한다.

레안드로스는 몸이 막히면 그것으로 영원히 몸으로 서로에게 닿을 수 없는 것은 아니라고 우리에게 가르쳐준다. 해협이 막으면 헤엄을 쳐 그 해협을 건너갈 수 있듯이, 몸이 막으면 우리는 마치 해협을 건너듯 다른 방법으로 서로에게 닿을 수 있다. 그렇게 우리는 때로 몸이 아니라 다른 것으로 서로에게 가 닿는다. 실제로 우리가 서로에게 닿으려고 할 때 더 중요한 것은 몸이 아닐지도 모른다.

몸으로 하나 되지 못하면 사랑도 서로에게 닿을 수 없다고 생각한다면 우리들이 사랑을 몸에 국한시키기 때문인지도 모른다. 몸에 가두어놓은 사랑을 풀어놓는 데는 오랜 시간과 땀이 들어간다. 세상에 몸으로 하나 된 사랑은 많다. 하지만 그 몸의 사랑을 이룬 누구도, 레안드로스가 데스피나와 하나 되는 방식으로 이룬 또 다른 사랑의 방식은 여전히 몸에 닿을 수 없기 때문에 실패한 사랑이라고 못 박기 어렵다. 사랑은 또 다른 사랑의 방식으로 몸이 막은 사랑을 넘어 몸으로 간다.

3. 헤로의 사랑

레안드로스에게 삶은 데스피나를 만나기 전후로 나뉜다. 그

전의 레안드로스는 세상에 적응해가며 자신을 은폐하고 숨기는 삶을 산다. 그 이후의 레안드로스는 더 이상 자신을 숨기지 않으며 스스로를 되찾는다. 그것은 사랑의 전후이기도 하다. 사랑을 전후로 레안드로스의 삶은 정반대의 양상을 보인다. 사랑은 그런 것이다. 사랑은 삶을 통째로 뒤바꾼다.

헤로의 삶도 베오그라드 이전과 이후로 나뉜다. 헤로에게 있어 베오그라드 이전의 삶은 누군가의 삶에 휘말리거나 누군가의 삶에 슬쩍 끼워 넣는 삶이다. 모두가 자신의 인생을 살아가고 있는 듯하지만 대부분은 타인의 삶에 휘말릴 때가 있다. 헤로도 예외가 아니다. 헤로가 휘말린 삶은 한 소년의 과외 교사를 하면서 벌어진다. 그녀를 혼란에 빠뜨린 것은 눈에 보이지 않지만 수업 시간마다 소년의 가족들이 항상 자리를 마련해주는 소녀이다. 소설은 이를 두고 그녀가 꿈에 휘말렸다고 말한다. 꿈이란 꿈의 당사자에겐 현실이지만 당사자가 아닌 사람들에겐 허상에 불과하다. 우리는 그렇게 타인의 현실에 휘말릴 때가 있다. 그러나 그 현실에 휘말려도 얼마든지 빠져나올 수가 있다. 한번 웃고 털어버릴 수 있는 것이 타인과의 관계이기 때문이다. 우리는 쉽게 휘말리면서 동시에 쉽게 벗어날 수 있는 것이다. 타인과의 관계란 때로 그렇게 쉽게 정리가 된다.

세상을 살아가는 혜로의 또 다른 삶은 누군가의 삶에 자신의 삶을 끼워넣은 삶이다. 이는 혜로의 "비밀스런 문학적 욕망"과 관련하여 나타난다. 혜로는 문학적 욕망은 갖고 있었지만 "그녀의 원고를 받아주는 출판인이 전혀 없"자 자신이 번역한 "아나톨 프랑스나 피에르 로티, 로베르트 무질의 소설 등 자신이 번역한 문장들 사이에 아무도 출판을 원치 않았던 그녀 자신의 짧은 이야기 중 하나나, 최소한 이들 이야기의 일부분을 끼워 넣"는 방식으로 자신의 욕망을 달성한다. 그러나 이러한 끼워넣기는 그녀가 작품을 가질 수 있게 해주면서 동시에 그것이 그녀의 이름으로 갖게 된 작품이 아니라는 한계가 있다. 자신의 이름으로 작품을 갖지 못하면 자기 작품의 당사자가 되지 못한다.

혜로의 사랑은 소설에선 남동생과의 사랑이다. 혜로가 남동생과 가진 로마 여행에서 그것이 드러나고, 남동생이 털어놓은 혜로와의 베오그라드 시절 애기 또한 둘의 사랑을 시사한다. 혜로의 인생에서 베오그라드 이전은 그녀가 타인의 삶에 휘말려들어가도 곧장 빠져나오는 것으로 그 관계를 벗어날 수 있고, 또 자신의 이름으로 살 수 없다면 타인의 삶 속에 자신의 삶을 끼워넣는 방식으로 원하는 삶을 살 수 있는 세상이다. 하지만 사랑은 그 둘을 모두 불가능하게 만든다. 사랑은 휘말려 들면 벗어날 수가 없으며, 또 누군가의 삶에 끼워넣듯 사랑을 할 수는 없다. 사랑 앞에선 누구나 피할 수 없는 당사자이다.

레안드로스의 사랑이 몸으로 맺어질 수 없었던 사랑이었다면 헤로의 사랑은 몸의 사랑이 처음부터 금지된 사랑이다. 남매간의 사랑이기 때문이다. 몸이 금지된 헤로의 사랑에선 다른 이의 몸을 통해 서로에 대한 감정을 확인한다. 그리하여 헤로는 남동생과의 사랑을 코발라 중위의 몸을 빌어 확인하려 들고, 남동생 또한 코발라 중위의 몸을 빌어 누이와의 사랑을 확인하려 든다. 둘은 타인의 몸을 그들 사랑의 숙주로 삼는다. 결과는 비극이다. 헤로는 질투에 눈이 먼 코발라의 칼에 목이 잘려 죽고, 남동생은 결국 자살한다.

레안드로스에게선 몸으로 맺어질 수 없는 사랑이 다른 방식으로 결국 사랑을 이루지만 몸의 관계가 금지된 헤로는 제3의 몸을 빌어 사랑을 확인하려다 죽음이라는 비극을 낳는다. 몸은 사랑을 확인하는 중요한 매개체이지만 몸이 사랑의 전부가 되지는 못한다.

4. 레안드로스와 헤로의 이름

소설 『바람의 안쪽』에 나오는 두 주인공, 레안드로스와 헤로는 동시대의 인물이 아니다. 둘은 서로 다른 시대 속을 살고 있다. 둘의 원래 이름 또한 레안드로스가 아니며, 헤로도 아니다.

레안드로스의 경우, 그의 이름은 어렸을 때는 라다차나 밀코라고 나온다. 그가 모라바 강가에 지은 교회의 이름이 "이 지역에서 '밀코의 수도원'으로" 불리게 된 것도 아마 그런 사실에 연유를 두게 되었을 것이다. 아울러 수도회에 들어가 그가 얻은 이름은 이리네이 자홈스키였다. 사브르를 든 자는 그의 귀를 자른 뒤, 그에게 "한쪽 귀"란 이름을 던져준다. 소설은 레안드로스가 그가 얻은 여섯 번째 이름이었다고 말하고 있다. 헤로의 이름 또한 원래는 헤로네아이다. 하지만 앞쪽의 헤로를 따서 헤로라고 불린다. 그런 점에서 레안드로스와 헤로는 사랑하는 남녀의 상징적 이름일 뿐 어느 특정인의 이름은 아니다. 어느 시대이건 서로 사랑하는 이들은 레안드로스이자 헤로이다.

5.   죽음을 넘어 시간의 바다를 건너는 사랑

소설 『바람의 안쪽』은 시대를 달리한 레안드로스와 헤로의 사랑을 상이한 이야기처럼 다루고 있다. 그렇다면 둘의 사랑은 각자 자신의 시대에 고립되어 있는 이야기일까.

파비치는 그렇지 않다고 말한다. 그 둘의 사랑은 단절되어 있으면서 동시에 이어져 있다. 서로 닿을 수 없는 사랑의 운명은 그리스 시대의 헤로와 레안드로스까지 거슬러 오른다.

파비치가 소설 속 둘을 잇는 장치로 사용하고 있는 것은 레안드로스와 헤로의 죽음이다. 시대가 현저하게 다른 삶을 하나로 잇기는 어렵다. 파비치는 삶은 각자의 몫으로 돌려주는 대신 죽음으로 둘을 잇는다.

가령 레안드로스는 항상 사브르를 든 자에게 목이 잘려 죽는 것이 두려움이었다. 그러나 그는 자신이 지은 교회가 폭발할 때 그 폭발로 인하여 생을 마감한다. 헤로는 반대이다. 그녀는 언제나 자신의 집안 사람들이 그랬듯이 12시 5분에 실험실의 폭발 사고로 죽는 것이 자신의 운명이 될 것이라 예감하지만 실제로는 질투에 사로잡힌 남자의 칼에 목이 잘려 죽는다. 소설은 레안드로스가 예감한 죽음을 헤로에게, 헤로가 예감한 죽음은 레안드로스의 운명으로 만들면서 맞바뀐 죽음으로써 시대를 달리한 둘을 하나로 묶는다.

우리들은 모두 각자 사랑하고, 그러다 그 사랑이 막혀 좌절하고, 그 뒤에는 죽는다. 그러나 우리들이 그렇게 죽는다고 그 죽음과 함께 우리의 사랑이 모두 끝나는 것일까. 그리스 시대,

레안드로스는 해협에 막힌 사랑을 건너 사랑을 나누다 결국은 바다에 빠져 죽었다. 파비치의 소설 속 레안드로스는 몸으로 맺어질 수 없는 사랑 앞에서 그가 아는 유일한 문자 세타(θ)에 사랑을 담는 방식으로 사랑의 길을 걸었지만 결국은 그 사랑과 만나지 못하고 전쟁 통에 그가 지은 교회가 폭발할 때, 그 속에서 죽었다. 헤로는 제3의 몸을 숙주로 삼아 몸의 관계가 금지된 사랑을 하다 목이 잘려 죽었다.

파비치의 소설 『바람의 안쪽』은 사랑을 각자의 몫으로 넘겨주는 한편으로 죽음을 맞바꾸는 방식으로 그들을 하나로 잇는다. 그러한 구도 속에선 사랑이 각자의 시대와 개인에게 고립되지 않고 서로 이어져 하나가 될 수 있다. 그렇기 때문에 그의 시각에 의하면 우리가 사랑할 때, 우리는 개인적으로 사랑하면서 동시에 시간의 바다를 건넌다. 아니, 우리의 사랑은 모두 오래전에 누군가 시작하고 죽음으로 마감한 사랑이 아득한 시간의 바다를 건너 우리에게 건네진 것이다. 또 우리는 나의 사랑을 하면서 동시에 시간의 바다를 건너 누군가에게 사랑을 건넨다. 그 수많은 좌절과 절망 뒤에도 사랑이 끊이지 않는 이유이다. 사랑할 때의 우리들은 모두 레안드로스와 헤로이다. 우리는 모두 개인적으로 각자 사랑하는 것 같으나 그 사랑은 어떤 거대한 사랑의

일부를 이루며, 사랑하는 자들은 모두 사랑할 때 시간의 바다를
건너 그 전체를 이루어간다.

바람의 안쪽

밀로라드 파비치 **지음** | 김동원 **옮김**

1판 1쇄 인쇄 2016년 2월 2일
1판 1쇄 발행 2016년 2월 5일

펴낸이 안성호 | **편집** 이소정 조경민 강별 | **디자인** 이보옥
브랜드 이리 | **출판등록** 2005년 8월 9일 제 313-2005-00176호
펴낸곳 리젬 | **주소** 04018 서울시 마포구 동교로9길 9 102호
대표전화 02-719-6868 | **편집부** 070 4010-6199 | **팩스** 02-719-6262
홈페이지 www.ligem.net | **전자우편** iezzb@hanmail.net

* 잘못 만들어진 책은 바꾸어 드립니다.
* 이 책의 무단 복제와 전재를 금합니다.
* 책값은 뒤표지에 표시되어 있습니다.

이 도서의 국립중앙도서관 출판예정도서목록(CIP)은 서지정보유통지원시스템 홈페이지(http://seoji.
nl.go.kr)와 국가자료공동목록시스템(http://www.nl.go.kr/kolisnet)에서 이용하실 수 있습니다.
(CIP제어번호: CIP2016001091)

ISBN 979-11-85298-76-4